Exquises miniatures

Worthington & Spencer, détectives privés

DU MÊME AUTEUR

POLARS HISTORIQUES

- **LES ENQUÊTES DES COUSINS CLIFFORD**

1. *Premières armes*, 2017.
2. *Près du tsar, près de la mort*, 2017.
3. *Voir Venise et mourir,* 2018.
4. *La dame en rouge*, 2018.
5. *L'homme en vert,* 2020.
6. *L'enfant en bleu,* 2021.

- **WORTHINGTON & SPENCER, DÉTECTIVES PRIVÉS**

1. *Sombres secrets*, 2018.
2. *Esprits tueurs*, 2019.
3. *Exquises miniatures,* 2020.
4. *Fleurs amères,* à paraître.

COMÉDIES POLICIÈRES

- **LES ENQUÊTES DE CHLOÉ**

1. *Et si je vous offrais des coups de pelle pour Noël ?,* comédie policière, 2020.
2. *Et si je jonglais avec votre tête pour Halloween ?*, comédie policière, 2021.

LIVRES POUR ENFANTS

- **LES AVENTURES DE LOUIS CLIFFORD**

1. *Le mystère de Noël,* 2018.

ROMANS HORS-SÉRIES

1. *La vie dont tu rêvais enfant,* roman feel-good, 2019.

OUVRAGES HISTORIQUES

Les droits de la reine. La guerre juridique de Dévolution 1661-1674), 2018.

EN VERSION ANGLAISE

- **A WORTHINGTON & SPENCER MYSTERY**

1. *Dark secrets*, 2019.
2. *Killer spirits, to be released.*

Exquises miniatures

Worthington & Spencer, détectives privés

Delphine Montariol

<u>Couverture</u> : Heinrich MORIN, *Butterflies*, illustration extraite de *Brehms Tierleben*, vol. 9, d'Alfred Edmund BREHM, Leipzig-Vienne, 1900, ©Old Book Illustration.

ISBN : 978-2-9565823-8-0

À mes cousines et cousins,
Avec toute mon affection.

Note de l'auteure : *« Exquises miniatures » se situe à l'été 1891, avant la dernière scène d'« Esprits tueurs ».*

Chapitre I

Londres, samedi 11 juillet 1891

— Chaque maison a ses secrets, confia Jacques Laclau à sa voisine de droite, Victoria Worthington, une petite femme blonde et rondelette.

Victoria ne goûta guère cette confidence. Aussi blonde et victorienne qu'elle fût, elle n'aimait pas son hôte, elle n'aimait pas cette conversation. Elle était trop bien élevée pour le lui montrer, mais elle sentait qu'il la provoquait, qu'il la testait. *Pourquoi ? Rien de bon, au vu du personnage...* Sous son regard, elle avait la désagréable impression de n'être qu'un moucheron tombé entre les pattes expertes d'une vieille araignée assassine. *Lépidoptérophile* ? Elle avait trouvé cette passion pour les papillons étrange, mais ne s'en étonnait plus désormais. Tout célèbre qu'il fût, tout savant qu'il fût, Jacques Laclau était un sadique qui devait trouver son plaisir dans la mort de ces pauvres créatures. *Il me fait froid dans le dos avec son regard inquisiteur. Sadique, c'est le mot.* Victoria se ressaisit. Son éducation sans faille la rappelait à la raison. Elle sourit, joua de sa blondeur sous les lumières des lampes à pétrole, et répondit dans un rire :

— Vous exagérez, Monsieur Laclau, toutes les maisons ne sont pas indignes de confiance.

— Si. Toutes, y compris la vôtre.

Victoria s'empourpra, ce qui ne lui arrivait guère. Elle aimait à croire qu'elle était maîtresse d'elle-même, mais cet homme jouait avec ses nerfs. Pourquoi Édouard avait-il accepté l'invitation de cet odieux personnage ? Pourquoi, parmi toutes les femmes présentes, avait-il fallu qu'elle fût placée à la droite de leur hôte ? Elle n'était ni la plus âgée, ni la plus titrée…

— Vous frôlez l'indélicatesse, Monsieur Laclau. Ma maison est tout à fait honorable et ne compte aucun secret indigne.

Son hôte se recula dans son siège, pendant qu'autour des convives, la valse des domestiques se poursuivait. Les plats se succédaient dans une belle harmonie, la vaisselle brillait, les rires fusaient et, au cœur de cette tablée joyeuse, Victoria passait la pire soirée de sa vie. À la réflexion, il ne s'agissait pas de la pire soirée de sa vie. Elle avait vécu une nuit atroce dans le manoir familial de son époux, dont le seul souvenir lui glaçait le sang. Toutefois, ce dîner mondain se plaçait juste après cette nuit d'angoisse à attendre qu'un tueur ne frappât de nouveau. Elle détestait vraiment son hôte.

Contrariée à l'extrême, elle se tourna vers son époux et rencontra son regard. Édouard, trentenaire brun, guindé, bien en chair mais à l'esprit acéré, avait son visage des mauvais jours. Elle lui adressa un regard un peu perdu, avant de se reprendre. Son époux ne pouvait rien pour elle. La table était longue et il était trop loin pour entendre les insinuations scandaleuses de leur hôte. Toutefois, l'attention de son époux posée sur elle, rien que sur elle, lui fit recouvrer un peu de courage. Édouard était sa force. Il était son roc. Il était là, elle ne risquait rien, ce n'était qu'une conversation déplaisante avec un pervers.

Elle se retourna vers le maître des lieux qui la dévisageait comme une étrange créature. Victoria pointa son menton vers l'adversaire.

— Vous êtes une curieuse femme… susurra-t-il. Très différente de ce que j'imaginais.

Victoria haussa les sourcils. Elle sentait que la suite

allait lui déplaire.

— Victoria Magdalena Sutton-Bay ; épouse d'Édouard Worthington, l'un des hommes d'affaires les plus redoutés de Londres ; fille de Reginald Sutton-Bay, troisième du nom, et de Cecily Cadwell ; héritière fort recherchée lors de sa première saison ; mère de trois enfants ; pratiquant l'escrime et les bonnes mœurs avec la même constance ; adepte de spiritisme et fervente anglicane…

Jacques Laclau se pencha soudain vers Victoria et lui murmura à l'oreille :

— Vous ne me ferez jamais croire que vous êtes aussi lisse que ce que vous voulez bien montrer.

Victoria pâlit. Elle avait senti le souffle de cet homme écœurant sur son cou et dut prendre sur elle pour ne pas se lever et quitter la table à l'instant. Qui était ce fou ? Pourquoi avait-il enquêté sur elle ? Elle posa son regard plein de colère et de dégoût sur l'odieux personnage, qui avait regagné le fond de son fauteuil pour mieux l'observer, un sourire narquois vissé sur le visage. *Stuart. Il faut que je parle à Stuart et Elsie.*

Victoria affronta du regard cet homme déplaisant. Elle n'aimait pas son hôte, elle n'aimait pas cette conversation et elle n'avait plus envie de sourire.

Stuart était assis, seul, dans le salon de l'appartement à l'étage de l'agence de détectives privés, qu'il avait fondée quelques mois auparavant avec sa cousine, l'intrépide Elsie. Worthington & Spencer. Le nom sonnait bien et la réputation de l'agence s'installait peu à peu. D'habitude, Stuart était rasséréné par cette pensée, mais son esprit vagabondait alors bien loin de l'agence. L'obscurité était tombée depuis longtemps. Comme chaque nuit, il ne parvenait pas à trouver le sommeil. *Où est-elle ?* Cette question l'obsédait depuis qu'Isadora Lewis avait été mise en sécurité par le procureur Connor Muir[1]. La médium au visage de Madone de Raphaël était entrée dans les vies de Stuart et Elsie aussi vite qu'elle en était sortie… au grand dam du détective. Avec son air sage, ses grands yeux bruns et sa bouche ronde, la jeune femme avait tout pour lui plaire. *Faites qu'elle soit en sécurité…* Stuart avala une gorgée de son whisky. Contrarié, il observa le verre et songea une nouvelle fois qu'il devrait faire plus attention. L'alcool était un ami tenace qui ne se laissait pas abandonner sans coup férir.

Stuart se leva et étira sa longue silhouette. Sa jambe droite le rappela aussitôt à l'ordre. Un masque de douleur figea un instant le visage émacié qui plaisait tant aux dames. Avec ses cheveux blond-roux et ses yeux bleu-vert, Stuart Spencer ne passait pas inaperçu. Cependant, ce genre de succès ne l'intéressait pas. Le détective était un homme discret, courtois et peu sociable. Il avait développé une méfiance naturelle envers ses contemporains, son métier ne l'aidant pas à voir la lumière dans les autres. Pourtant, un mois auparavant, il avait fait la connaissance d'Isadora, une femme étrange et lumineuse, qui était parvenue à trouver un chemin vers son cœur. Les circonstances ne leur avaient pas été favorables et, avant même qu'ils n'aient pu se connaître davantage, la dame avait disparu, cachée pour sa propre sécurité par Scotland Yard et le procureur Muir. Depuis lors, Stuart croulait sous les investigations, l'« affaire des nécromanciens » ayant offert une publicité inespérée à l'agence, mais rien n'était assez intéressant pour détourner ses pensées d'Isadora Lewis. Il haussa les épaules et sourit. Cela faisait bien longtemps que son cœur n'avait connu pareils tourments.

---

[1] *Esprits tueurs. Worthington & Spencer, détectives privés*, 2019.

Édouard était furieux comme rarement au cours de son existence. Dès qu'une occasion s'était présentée, il avait rejoint son épouse, dont il avait perçu le trouble. Victoria lui avait alors rapporté les élucubrations scandaleuses dont l'avait abreuvée leur hôte. *Jacques Laclau ? Pour qui se prend-il ce cuistre pour menacer mon épouse ? Une enquête sur elle ? La belle affaire, Victoria est pure comme le lys de la Madone !* Tout à sa juste colère, Édouard avait rejoint le fameux « cabinet des merveilles » de Jacques Laclau. Célèbre pour son incroyable collection de papillons, leur hôte gardait ses beautés cachées, ne laissant entrer que de très rares élus pour les contempler. L'homme n'avait rien d'un savant. Il collectait, amoncelait, mais ne partageait pas. Le savoir n'était pour lui qu'un moyen de domination. Édouard n'était pas homme à se laisser dominer. Il toqua à la porte du cabinet et entra sans attendre, oubliant pour une fois la courtoisie extrême dont il faisait preuve à l'accoutumée. De toute façon, il n'avait pas l'intention de se montrer courtois envers cette sombre crapule.

La pièce était plongée dans une quasi-obscurité, ce qui était surprenant pour une salle d'exposition. La pensée que les spécimens de lépidoptères conservés dans cette pièce nécessitaient des soins particuliers traversa l'esprit d'Édouard, avant qu'il ne se reconcentrât sur l'objet de sa venue : faire savoir à Jacques Laclau que Victoria n'était pas la victime idéale pour ses menaces.

Édouard avança dans le cabinet, non sans remarquer les exceptionnelles vitrines qu'il abritait. Des papillons de toutes sortes, du plus minuscule au plus énorme, parés de toutes les couleurs de l'arc-en-ciel, étaient figés à jamais par de longues aiguilles sur des panneaux protégés par de larges vitres. Le financier eut le cœur serré face à ces pauvres créatures dont le vol gracieux avait été interrompu par l'aiguille du prétendu savant. Édouard trouva cette exposition de cadavres repoussante et ne fut guère surpris de tomber sur le corps inanimé de leur hôte. Un cadavre de plus ou de moins dans cette pièce ne changeait rien, il se trouvait dans un tombeau.

Édouard avait appris au contact de sa sœur Elsie et de son cousin Stuart que les enquêteurs n'aimaient pas que l'on perturbât la scène de crime, ne serait-ce que par sa présence. L'homme d'affaires se contenta de vérifier le pouls de Jacques Laclau, mais les larges traces violacées autour de son cou démontraient assez comment l'homme avait péri. *Étranglé.* En s'écroulant sur le sol, il avait entraîné dans sa chute une maison de poupées dans le plus pur style victorien. Édouard trouva la présence de cette miniature tout à fait incongrue, jusqu'à ce qu'il n'en vît l'intérieur. À première vue, la maison ressemblait à tous les jouets de ce genre, exception faite de la pièce dont le sol et les murs étaient peints en noir et où la miniature d'un homme étranglait de ses mains la miniature d'une femme. Édouard se figea un instant. *Victoria a raison. Cet homme était un sadique de la pire espèce.* Tout espoir de venir en aide à cette fripouille étant perdu, il rebroussa chemin et referma la porte derrière lui.

Dans le couloir, Édouard croisa la route d'une petite bonne en uniforme et lui demanda de bien vouloir aller quérir le majordome, pendant qu'il resterait devant la porte pour empêcher toute intrusion. La jeune fille acquiesça d'un vif mouvement de son bonnet blanc et revint quelques minutes plus tard avec le majordome, un petit homme râblé.

— Que puis-je faire pour Monsieur ? s'enquit-il.

— Il faut prévenir le *Criminal Investigation Department* de la *Metropolitan Police.* Votre maître a été assassiné dans son cabinet des horreurs.

L'homme eut un mouvement de recul, observa un instant Édouard à la recherche d'une trace de plaisanterie importune, puis il fila sans un mot vers l'entrée, où se trouvait le téléphone. L'homme d'affaires observa alors la jeune bonne qui regardait la porte derrière lui avec épouvante. Elle cachait son visage derrière son tablier blanc, dans un geste enfantin de défense. Il se réjouit que cette jeune fille échappât à l'emprise d'un tel maître. *Qui sait quelle horreur il aurait pu faire subir à cette pauvrette...*

ଔ ♦ ଓ

Dimanche 12 juillet 1891

Quand Édouard put enfin regagner sa voiture dans laquelle Victoria s'était endormie, drapée dans un large châle de soie, il réfléchit à la situation sans réveiller son épouse. Cette brute l'avait sans nul doute menacée, arguant qu'elle ne pouvait pas être aussi lisse qu'elle le semblait. *Qu'avait découvert cet homme sur Victoria qui pût l'autoriser à une telle assertion ?* D'après ce qu'il avait perçu de leur hôte - qu'il ne connaissait guère par ailleurs - l'homme était intelligent, manipulateur, peut-être malveillant, mais surtout calculateur. Une telle personnalité ne se risquerait pas à accuser une dame sans preuve. Édouard observa Victoria un instant. Elle dormait du sommeil du juste, ses boucles blondes encadrant son visage de porcelaine. Il sourit. *Personne ne me fera croire que cette femme, ma femme, la mère de mes enfants, a quelque chose à se reprocher. Toutefois...* Il savait que la réputation des dames tenait à bien peu de choses sous le règne sévère de la reine Victoria. *Il faut que je parle à Stuart et Elsie.* Il toqua contre la cloison avec vigueur.

— À l'agence Worthington & Spencer, s'il vous plaît, Norbert.

Le chauffeur secoua les rênes de l'attelage et la voiture démarra.

— Vous avez enfin pu vous libérer, mon ami ? articula Victoria en réprimant un bâillement.

— Ne vous inquiétez pas pour moi, *darling*.

Édouard saisit la main de son épouse et la serra dans la sienne.

— Je voudrais parler à Elsie, si vous n'y voyez pas d'inconvénient, hésita Victoria.

Édouard fut saisi d'un doute. Et si Victoria avait quelque chose à cacher ? *Pour le meilleur et pour le pire, dans l'abondance et dans la pauvreté, dans la maladie et dans la bonne santé, pour t'aimer et te chérir jusqu'à ce que la mort nous sépare...* Dans les moments difficiles, Édouard avait pris l'habitude de se répéter le serment qu'il avait fait à Victoria le jour de leur mariage. Il sourit avec douceur, ce qui aurait beaucoup surpris ses concurrents, et embrassa la main gantée de son épouse. Victoria eut un hoquet de surprise.

— Bien sûr, *darling*.

❧ ♦ ☙

Dans la pénombre, une haute silhouette arpentait un hall cossu, projetant son ombre sur de larges colonnes de marbre. Elsie faisait les cent pas dans l'entrée de l'hôtel particulier d'Édouard, chez qui elle vivait depuis quelques années désormais. Sa longue chevelure châtaine, réunie en une lourde tresse, scandait sa marche, alors que ses yeux noisette si expressifs reflétaient une inquiétude palpable. Ni son frère, ni sa belle-sœur n'étaient reparus depuis la veille au soir, ce qui était inimaginable pour les deux Victoriens modèles qu'ils étaient. Il leur était arrivé quelque chose. C'était la seule explication.

Quand le téléphone déchira le silence de toute sa stridence, Elsie se jeta sur l'appareil sans laisser le temps au majordome de décrocher.

— Édouard, c'est toi ? Mon Dieu, mais qu'est-ce qui

vous est arrivé ? Je vous attends depuis… À l'agence ? Maintenant ?

Elsie marqua une pause. C'était grave… Très grave. Elle sentit un frisson caractéristique parcourir son échine de haut en bas, prélude à une enquête et à ses dangers. Elle adorait cette sensation.

— J'arrive.

Elsie raccrocha. Si Édouard lui demandait de le rejoindre à l'agence à cette heure plus que matinale, c'était qu'une chose terrible était arrivée. Mais quoi ? Elle fonça dans sa chambre, enfila sa veste et son pantalon de cyclisme en quatrième vitesse et dévala l'escalier, avant d'enfourcher sa monture préférée. L'agence n'était qu'à quelques minutes à bicyclette du domicile d'Édouard.

☙ ◆ ❧

Stuart et Elsie étaient restés interdits un instant, lorsque le strict Édouard leur avait annoncé qu'il les engageait pour découvrir ce que Jacques Laclau avait déniché contre Victoria. Les deux détectives s'étaient regardés avec étonnement. Chacun d'eux estimait que leur frère et cousin était trop alarmiste, quand Victoria éclata en sanglots, certaine que sa réputation serait ruinée dans les prochaines heures. Stuart et Elsie avaient alors pris place dans leurs fauteuils habituels pour recueillir la confession de la jeune femme. Toutefois, il n'y avait point de confession à entendre. Victoria ignorait ce que cet homme détestable avait contre elle ou croyait avoir contre elle, mais il était trop sûr de lui, la veille au soir, pour ne pas posséder quelque chose…

— Victoria, intervint Elsie, si vous n'avez jamais rien fait de répréhensible, il n'avait rien contre vous. Ce n'était sûrement qu'un homme méchant qui voulait se jouer de vous.

Victoria leva ses grands yeux pleins de larmes vers

Elsie. Elle se sentait si petite, si fragile à cet instant. Elle envia la force sereine qui émanait de sa belle-sœur.

— Mais c'était un sadique, se lamenta Victoria, je l'ai vu de mes propres yeux ! Il triomphait. Il était sûr de lui. Il voulait me faire du mal !

Sadique... Le mot était revenu à plusieurs reprises dans la conversation et il dérangeait Stuart. Sa cousine par alliance n'était pas femme à employer ce terme pour rien. Qu'avait-elle perçu ? *Elle l'ignore elle-même et c'est bien ce qui la bouleverse à ce point.*

Édouard se racla la gorge, signe chez lui d'une prise de parole d'importance.

— J'ignore si le mot « sadique » est le plus précis pour décrire cet homme. Toutefois, c'était assurément un pervers, compte tenu de la miniature détestable que j'ai vue dans son célèbre cabinet.

Elsie et Stuart échangèrent un regard. Aucun d'eux ne comprenait ce que voulait dire Édouard.

— Dans la pièce où j'ai trouvé le corps, reprit-il, il y avait non seulement toutes ces pauvres créatures épinglées et exposées, mais il s'y trouvait aussi une maison miniature, toute particulière, où un meurtre était reproduit.

Elsie et Stuart ouvrirent de grands yeux ébahis.

.— Je vous demande pardon ? s'enquit Stuart.

— Je sais que cela peut paraître absurde, concéda Édouard, mais cette miniature m'a déplu. En outre, il y en avait toute une collection…

Stuart prit en considération cet élément. Il ne faisait pas sens pour le moment, mais son instinct de détective s'était éveillé.

— Nous prenons l'affaire, Victoria, conclut-il. Quoi que cet homme ait eu contre vous, nous le trouverons.

Victoria s'effondra à genoux au sol, ses mains gantées recouvrant son visage.

— Merci, bafouilla-t-elle. Merci…

Édouard saisit sa femme et la releva d'autorité. Il

n'aimait pas ce genre de manque de tenue !

— Vous dramatisez, ma chère, dit-il d'un ton brusque. Nul besoin de vous mettre dans de tels états pour un mort ! D'où il est, il ne peut plus rien contre vous.

— Qui sait… articula Victoria avec peine.

Stuart fronça les sourcils. Soit Victoria mentait en leur assurant qu'elle n'avait rien à se reprocher, soit ce Jacques Laclau avait été plus dangereux qu'il n'y paraissait ; sinon, comment expliquer l'état de panique dans lequel il avait réussi à plonger la jeune femme au moyen d'une simple conversation ?

Édouard avait replacé le châle sur les épaules de son épouse et l'entraînait dehors.

— Faites-moi passer le montant de vos honoraires et dites-moi si je peux vous aider d'une façon ou d'une autre.

L'homme d'affaires à l'esprit froid et analytique était de retour.

— Nous n'allons pas te faire payer, s'insurgea Elsie.

Édouard la fusilla du regard.

— Bien sûr que si et n'hésitez pas sur les frais, faites ce qui doit être fait.

Elsie n'osa pas répliquer. Quand Édouard avait ce regard, mieux valait ne pas le contredire. Son frère les salua d'un signe de tête, emportant avec lui son épouse bouleversée.

Elsie croisa les bras sur sa large poitrine, alors qu'une moue contrariée apparaissait sur son visage, signe de réflexion chez elle.

— Qu'en pensez-vous, Stuart ?

Son cousin posa les coudes sur son bureau et joignit les mains devant sa bouche, en une prière silencieuse.

— Je n'en pense rien de bon. Victoria a toujours été une femme affable, maîtresse d'elle-même et de la plus grande courtoisie. Je me demande ce que cet homme a pu lui dire pour la mettre dans cet état.

— Vous ne pensez tout de même pas que Victoria nous cache quelque chose, s'indigna Elsie.

Stuart sourit avec calme.

— Que pourrait-elle bien nous cacher ? Un amant ? Un enfant caché ? Une trahison ?

Son sourire s'élargit. La seule idée que sa cousine pût avoir commis un impair envers l'étiquette victorienne était déjà scandaleuse, alors de tels accrocs…

— Vous ne me ferez pas croire que Victoria a un amant ou un enfant caché, c'est proprement ridicule ! s'indigna Elsie. Cette femme est ennuyeuse au possible, incapable de prendre la moindre décision sans solliciter l'opinion de mon frère. Je pense que ce Jacques Laclau s'est tout bonnement trompé de cible.

— C'est une possibilité, acquiesça Stuart. Toutefois, nous ne pouvons pas laisser cette affaire en l'état. Nous allons nous rendre à Scotland Yard et tenter d'en apprendre davantage sur l'assassinat de cet homme.

Elsie haussa ses larges épaules. Ils avaient déjà tant d'affaires en cours… mais aucune ne lui procurait le frisson de celle-ci. Elle ajusta son chapeau, tapota la poche intérieure de son pantalon de cyclisme, pour vérifier la présence de son revolver, et sortit en compagnie de son cousin, en quête de nouveaux dangers.

☙ ◆ ❧

L'accueil qui leur fut réservé à Scotland Yard fut moins que chaleureux. Toutefois, après quelques négociations, ils parvinrent à rencontrer l'inspecteur en charge de l'enquête sur le meurtre de Jacques Laclau. L'inspecteur David Needham, un homme svelte aux tempes grisonnantes, connaissait le sérieux de l'agence et accepta de discuter avec les détectives dans son bureau.

— Vous avez donc été engagés par une dame qui a eu à souffrir du comportement blessant de ce gentleman…

L'inspecteur soupesa l'intérêt de cette information, puis haussa les épaules.

— De toute façon, la victime a été étranglée, ce qui élimine *de facto* les femmes de la liste des suspects.

Elsie se redressa de toute sa hauteur.

— Puis-je savoir pour quelle raison, Monsieur l'inspecteur ?

L'inspecteur Needham sourit.

— Parce qu'une femme ne peut pas prendre le dessus physiquement sur un homme, Miss Worthington. Je sais que vous-même êtes dotée de compétences martiales appréciables, mais vous êtes une exception.

L'inspecteur observa Elsie et sa silhouette athlétique avec attention, puis fit une moue peu convaincue.

— Même vous, Miss Worthington, ne seriez pas capable d'étrangler un homme dans la force de l'âge. Non, mon tueur est un homme…

Mon tueur... Stuart sourit. L'inspecteur prenait ses dossiers à cœur.

— Édouard Worthington, qui a découvert le corps, nous a parlé d'une curiosité, intervint Stuart. Des maisons miniatures, dont l'une au moins comprend la reconstitution d'un crime. C'est pour le moins original…

L'inspecteur Needham fit une grimace de dégoût.

— Certes, c'est original, mais cela caractérise assez bien la victime. Un dérangé. Cruel et vindicatif. C'était un cynique qui aimait disséquer les papillons et ses contemporains. Parmi toutes les personnes que j'ai interrogées, nul n'a songé à m'en dire le moindre bien. L'homme était redouté ou détesté, ce qui ne simplifie pas ma tâche ! Des domestiques à ses collègues, en passant par les membres de son club, personne n'a regretté sa mort. Tout au plus, certains ont regretté son meurtre.

Stuart et Elsie furent surpris par l'ampleur de ce désamour, mais l'information confirmait la description faite par Édouard et Victoria.

— C'est étrange cette haine, réfléchit Elsie à haute voix. Si nous devions haïr tous les gens désagréables et imbus de leurs personnes, une vie n'y suffirait pas.

La remarque fit sourire l'inspecteur. Elsie Worthington avait la réputation d'avoir la langue bien pendue et il comprenait pourquoi désormais.

— C'est vrai, acquiesça-t-il. Toutefois, la victime n'a rien fait pour se faire apprécier de ses contemporains. J'aimerais beaucoup poursuivre cette conversation, mais je suis malheureusement pressé. En quoi puis-je vous être utile ?

Stuart n'hésita pas.

— Nous voudrions étudier les maisons miniatures.

L'inspecteur parut étonné par cette requête.

— Les miniatures ? répéta-t-il. Je vous assure qu'il ne s'agit que de jouets malsains, mais si vous voulez vous en servir pour étudier la victime, libre à vous. Toutefois, je compte sur vous pour me tenir informé, si vous trouvez des éléments utiles.

— Bien évidemment, Monsieur l'inspecteur, affirma Elsie.

Le policier ne put s'empêcher de sourire. Le duo de détectives valait le coup d'œil. Il était de coutume à la *Metropolitan* de dire que l'agence Worthington & Spencer était constituée de deux êtres partageant le même esprit, ce que l'inspecteur était désormais prêt à croire tant les détectives étaient liés et prenaient la parole à tour de rôle, chacun poursuivant le raisonnement de l'autre. *Un duo étonnant…*

❧ ◆ ☙

— C'est vraiment déplaisant ! s'agaça Elsie.

Stuart et elle étudiaient les étranges miniatures depuis deux bonnes heures, mais rien ne ressortait de cette observation. Jacques Laclau possédait huit maisons différentes. Chacune évoquait un foyer typiquement victorien, dont l'extérieur ne présentait rien de particulier. En revanche, quand la porte constituant la façade était ouverte, tout changeait. Chaque maquette comptait une pièce noire où un meurtre se déroulait devant l'observateur.

Huit maisons, huit meurtres. Pour plus de facilité, Stuart et Elsie avaient baptisé les étranges jouets. Il y avait la maison au fox-terrier, celle à la robe bleue, celle de l'empoisonneuse, la maison de l'ogresse, celle des amants assassins, celle de l'époux infidèle, celle du médecin assassin et, plus étonnant, la maison de Jacques Laclau. Cette dernière miniature, tout particulièrement, était pleine de détails et reconstituait avec précision les pièces, quand nombre des autres étaient plus grossières, sauf en ce qui concernait le lieu du crime. Dans chaque miniature, la salle où le meurtre se déroulait était celle à laquelle le créateur avait apporté le plus de soin. Dans la maison de Jacques Laclau, par exemple, tout était identique à l'original, mis à part le sol et les murs qui étaient peints en noir... Des larges vitrines pleines de papillons jusqu'aux sept autres maisons miniatures, tout était imité. La seule différence avec la réalité était que, dans la miniature, Jacques Laclau était poignardé alors que, dans les faits, il avait été étranglé. *Le meurtrier n'est pas représenté dans cette maquette...*

Installé dans un large fauteuil, Stuart ne se lassait pas d'observer cette étrange reproduction, qui eût pu être exquise en d'autres circonstances... et avec un autre sujet...

— C'est forcément son œuvre la plus récente, puisqu'il a reproduit les autres maisons dans sa salle des miniatures...

Elsie n'avait pas d'opinion sur la question. Elle n'avait jamais envisagé qu'un homme adulte, connu pour sa passion pour les lépidoptères, pût concevoir une telle affection pour ces petites maisons du crime.

— Pensez-vous que cet étrange penchant était connu ? demanda-t-elle à son cousin.

Stuart chercha une position plus confortable pour sa

jambe blessée. *Cette vieille blessure de guerre ne me laissera donc jamais en paix.* Il était de mauvaise humeur et frottait avec précaution la jambe que la chute de son cheval avait broyée quelques années auparavant.

— Je ne pense pas. D'après le majordome, seule une bonne était autorisée à entrer dans le cabinet des merveilles pour le nettoyer. Ce genre de précautions ne se comprend qu'au regard de la discrétion recherchée par le maître de maison.

Elsie haussa les épaules. Elle ne parvenait pas à se faire une idée précise du caractère de cette victime. Elle tourna la page du carnet qui l'accompagnait toujours, où qu'elle allât, et entama le dessin de la dernière maison. La jeune détective avait enfin trouvé une utilité à tous les cours de dessin que sa mère avait pu lui faire prendre au cours de sa vie. Si la digne Adélaïde avait su qu'Elsie utilisait ses compétences artistiques à la reproduction de scènes de crimes miniatures, elle en aurait été outrée à la dernière extrémité. Stuart jeta un coup d'œil aux dessins de sa cousine et apprécia la précision de la reproduction. Elsie avait saisi l'essentiel de la composition. Il ne savait pas encore à quoi pourraient leur servir ces croquis mais, à l'instar de sa partenaire, il avait le pressentiment étrange que ces jouets n'étaient pas si anodins qu'ils le semblaient de prime abord.

Stuart comprenait mieux l'appréhension que Victoria avait pu ressentir face à son hôte. Un homme qui concevait une telle passion pour l'invention voire, pire, pour la reproduction de crimes ne pouvait être qu'un déplaisant voisin de table. Restait à découvrir si les miniatures s'inspiraient de faits réels ou s'il ne s'agissait que de créations morbides de la part d'un homme peu fréquentable. L'avenir le leur dirait, mais il ne comprenait pas que l'inspecteur Needham ne se fût pas préoccupé davantage de ces miniatures. Il était un peu simple d'écarter d'un geste de la main de tels éléments de réflexion. Après tout, Jacques

Laclau avait été assassiné au milieu de ses miniatures. Qu'il s'agît d'une coïncidence ou pas, l'inspecteur aurait dû s'intéresser au lieu du crime et pas seulement à la personnalité de la victime… fort déplaisante au demeurant.

☙ ◆ ❧

L'obscurité était habitée de craquements, des tics et des tacs de la haute horloge du couloir et par le grincement léger de quelques lattes du plancher. La nuit était tombée sur Londres depuis plusieurs heures, quand l'ombre se glissa dans le cabinet des merveilles. Elle ne resta qu'un instant, le temps de jeter une lampe à pétrole et d'y mettre le feu.

CHAPITRE II

Lundi 13 juillet 1891

L'inspecteur David Needham était mécontent. Très mécontent. Vexé et très mécontent. Le fait qu'un incendiaire eût tenté de réduire en cendres les miniatures, qu'il avait délaissées dans le cadre de son enquête, prouvait, une fois de plus, que le duo de détectives privés avait un don pour dénicher les pistes criminelles. Quand il avait été appelé au cœur de la nuit pour se rendre sur sa scène de crime désormais en partie détruite, il avait songé aux papillons. Cette collection de papillons pouvait être au cœur de l'affaire. Pourtant, il n'en était rien. Seules deux maisons avaient brûlé. Grâce à la vigilance du majordome qui ne dormait que d'un œil, l'incendie avait pu être maîtrisé à temps pour sauver la plupart des curiosités du cabinet de Jacques Laclau. Toutefois, n'ayant prêté qu'un intérêt lointain aux maisons miniatures, l'inspecteur Needham ne savait pas lesquelles avaient été détruites. À son grand étonnement, le majordome était incapable de le renseigner, il n'avait qu'entraperçu une fois ou deux l'intérieur du cabinet privé de son maître. La petite bonne, chargée d'épousseter la pièce si jalousement gardée, ne s'était guère approchée des maisons dont elle nettoyait seulement les façades. Restaient les détectives. Avec un peu de chance, ils se seraient acquittés du travail d'observation qui lui faisait désormais défaut.

Appelés dès l'aube, Elsie et Stuart arrivèrent à la

première heure. Ils scrutèrent le cabinet des merveilles un instant, avant qu'Elsie ne sortît son carnet à croquis où elle avait reproduit les miniatures, avec un certain talent reconnaissait l'inspecteur.

— Ce sont la maison de Jacques Laclau et celle du médecin assassin qui ont brûlé, trancha Elsie.

L'inspecteur Needham regarda la détective d'un œil vide.

— Nous avons baptisé les maisons afin de les individualiser, répondit Stuart.

Le policier observa les miniatures avec attention, pendant qu'Elsie énumérait :

— Nous avons la maison au fox-terrier, la maison à la robe bleue, la maison de l'empoisonneuse, la maison de l'ogresse, la maison des amants assassins et celle de l'époux infidèle, outre les deux qui ont été détruites : celles de Jacques Laclau et du médecin assassin.

— Pourquoi détruire ces miniatures en particulier ? s'interrogea Stuart.

Elsie tourna les pages de son carnet.

— La maison de Jacques Laclau était la plus détaillée, celle où nous avions le plus de chances de découvrir quelque chose…

— Découvrir quoi ? intervint l'inspecteur.

Il devait avouer qu'il était un peu perdu.

Stuart chercha du regard le fauteuil où il s'était reposé la veille, mais le meuble avait disparu, probablement sorti pour le préserver des flammes. Il s'appuya contre le mur pour soulager sa jambe.

— Ces miniatures nous ont posé des difficultés hier. Notre questionnement est simple : avons-nous affaire à des inventions criminelles ou à des reproductions de crimes ?

L'inspecteur Needham blêmit un peu.

— Vous voulez dire que vous soupçonnez la victime d'avoir collectionné des reproductions de meurtres réels ?

L'inspecteur observa les maisons… *Non… Impossible…*

Des jouets. Ce ne sont que des jouets... Des jouets sordides pour un esprit malade, mais de simples jouets.

— Non, je ne pense pas, continua-t-il. Je vous accorde que ce Jacques Laclau était un personnage peu fréquentable et ces jouets éclairent sa personnalité sous un jour inédit mais, de là à imaginer qu'il s'agisse de reconstitutions de crimes, je ne vous suivrai pas sur ce terrain.

Stuart se redressa.

— Nous accorderiez-vous une faveur, Monsieur l'inspecteur ? tenta le détective.

— Dites toujours.

— Je souhaiterais stocker les maisons au sein de l'agence afin de pouvoir les étudier et d'éviter une autre tentative de destruction, le cas échéant.

L'inspecteur resta interdit un instant. *Ils croient vraiment à leur hypothèse un peu folle...* Il haussa les épaules. *Après tout, s'ils veulent chercher, ça ne me dérange pas.*

— Accordé, mais si vous trouvez quelque chose, vous me tiendrez informé.

— Bien évidemment, Monsieur l'inspecteur, confirma Elsie.

Deux êtres pour le même esprit. L'inspecteur sourit, le duo n'était pas commun.

Elsie, quant à elle, était fière de son cousin. Jamais elle n'aurait osé demander une telle faveur à un policier qu'ils connaissaient à peine. Toutefois, l'audace de Stuart avait payé. *Je ne sais pas si nous allons pouvoir aider Victoria avec ces maisons, mais il y a une chose dont je suis sûre. Ce ne sont pas des jouets.*

☙ ◆ ❧

Le déplacement des miniatures n'avait pas été une mince affaire mais, avec l'aide de toutes les bonnes volontés, une charrette avait été trouvée et les maisons avaient été calées, au milieu de la paille, pour les protéger autant que faire se pouvait.

Le précieux chargement était arrivé intact au 46 Maple Street, dans Fitzrovia, à l'agence Worthington & Spencer. Les miniatures avaient ensuite été installées dans le bureau d'Elsie, la plus grande pièce du rez-de-chaussée où, grâce à son carnet, la détective avait pu replacer avec exactitude les meubles et figurines qui avaient bougé, malgré le soin apporté à leur transport.

Le grand déménagement était à peine achevé que l'on toqua à la porte de l'agence. Elsie et Stuart échangèrent un regard. Ils n'attendaient pas de visite. Stuart sortit son revolver pour le vérifier, pendant qu'Elsie allait ouvrir. Son cousin la rejoignait dans le couloir quand Édouard, Victoria et l'inspecteur Percival Montgomery firent leur entrée.

— Inspecteur Montgomery ! Que nous vaut le plaisir ? s'enthousiasma Elsie.

Édouard observa sa sœur, puis reporta son attention sur le jeune inspecteur. Châtain, bouclé, yeux bruns et vifs, athlétique, il avait de quoi plaire… même à Elsie. Édouard ne put déterminer s'il était heureux qu'un homme fût enfin capable d'éveiller l'intérêt de sa sœur, ou s'il était mécontent que sa sœur se fût entichée d'un simple inspecteur… Il se secoua, il aurait le temps d'y songer à date ultérieure. Pour le moment, il devait remorquer, traîner et batailler contre son épouse qui ne voulait pas avancer.

— Puisque je vous dis que ces curiosités ne m'intéressent pas, Édouard ! protesta Victoria.

Contre toute attente, la jeune femme tenta d'échapper à son mari et de s'enfuir. Elle était presque arrivée dans la rue, quand Stuart lui parla :

— Victoria, vous ne pouvez pas fuir. Nous avons besoin de vous.

Elle s'arrêta net, figée sur le seuil de l'agence. Elle prit un instant, puis se retourna, pâle et tremblante.

— Je ne sais pas ce qu'il m'a pris, bafouilla-t-elle. Je

vous demande de bien vouloir pardonner ma conduite.

Stuart se rapprocha d'elle et l'invita à entrer. Victoria n'était plus maîtresse d'elle-même depuis sa rencontre avec ce Jacques Laclau, il devait comprendre pourquoi.

— Vous avez peur, Victoria, dit-il avec douceur, une peur terrible. Cet homme est parvenu à vous glacer le sang en l'espace d'une conversation. Vous n'avez pas à vous excuser, la peur est un sentiment compréhensible. En revanche, la capacité de cet homme à vous bouleverser est étrange et, pour tout dire, inquiétante. Je pense que, bien malgré vous, vous avez saisi l'obscurité de sa personnalité et c'est ce qui vous a effrayée. Entrons.

Percival regardait Victoria, contrarié par ce qu'il voyait. Il ne connaissait pas cette femme, mais la situation était déplaisante… Son instinct s'éveillait, tout comme ceux de Stuart et d'Elsie s'étaient alertés. *Cette affaire empeste…* Elsie passa à côté de l'inspecteur et capta son attention d'un sourire. Ils avancèrent dans le couloir et entrèrent dans le bureau aux miniatures.

Quand Victoria, un peu honteuse, passa devant Édouard, il lui saisit la main.

— Personne ne vous fera de mal, Victoria, murmura-t-il. Nous sommes tous là pour vous. Je suis là pour vous.

Stuart sourit. Ainsi le si strict Édouard aimait-il sa femme d'un amour sincère. Cachés derrière toutes les apparences des traditions victoriennes, Édouard et Victoria s'aimaient en toute discrétion. Cette enquête serait peut-être l'occasion de mieux connaître ses cousins si attachés aux convenances.

Victoria n'était pas à son aise. Elle avait un peu honte de son comportement et les odieuses miniatures, qu'elle observait désormais, ne faisaient que renforcer son malaise. *Cet homme était vraiment un pervers ! Comment peut-on s'amuser avec de telles horreurs ? Ici, une empoisonneuse qui observe sa victime se tordre au sol. Là, une… ogresse, comme l'a qualifiée Elsie, étouffe un nouveau-né. Plus loin, un fou égorge un chien... Ce sont des abominations !* Une main se posa sur son épaule, non sans que Victoria ne sursautât. Édouard s'excusa d'un signe de tête, conscient qu'il l'avait surprise.

— L'une de ces horreurs évoque-t-elle quelque chose pour vous, *darling* ?

— Grâce à Dieu, non ! Toutes ces choses sont abominables et…

Victoria ne put articuler un mot de plus. *Impossible... Non, j'ai mal vu.* Elle s'approcha d'une maison qu'elle avait peu examinée. *La robe bleue... Cela ne peut pas...* Tous fixèrent leur attention sur Victoria et suivaient son avancée vers la maison à la robe bleue. Cette maison bourgeoise n'était pas la plus dérangeante. Pourtant, Victoria avait perdu toute couleur. Elsie fronça les sourcils et scruta la miniature. Une maison somme toute classique, avec des combles occupés par les chambres des domestiques, à l'étage le salon, la salle à manger et les chambres des maîtres, au rez-de-chaussée la cuisine, la buanderie, les stocks de bois et autres lieux réservés aux domestiques. C'était la seule maison où il ne se passait rien, bien que l'une des deux chambres fût teinte en noir. Un homme s'y tenait debout, seul, alors que la chambre était selon toute vraisemblance destinée à une femme avec sa coiffeuse et ses paravents.

Victoria pointa son doigt vers un détail. Une robe bleue avait été posée en désordre sur le lit de la chambre noire, d'où le nom dont l'avait baptisée Elsie.

— Qu'y a-t-il, Victoria ? intervint-elle. C'est la robe bleue qui vous dérange à ce point ?

Victoria posa son regard sur sa belle-sœur.

— La robe bleue… gémit-elle.

Stuart, Édouard et Percival échangèrent des regards afin de s'assurer qu'aucun d'entre eux ne comprenait de quoi il retournait.

— La robe bleue, reprit Elsie. Continuez Victoria, nous ne comprenons pas.

Victoria ouvrit la bouche pour parler, mais sa gorge était sèche et elle manquait d'air. Son cœur battait à tout rompre. La pièce se mit à tourner autour d'elle… *Roberta*… Elle s'évanouit.

Stuart se précipita et rattrapa Victoria avant qu'elle ne s'écroulât sur le sol. Sa jambe droite se tordit sous le poids cumulé de son possesseur et de la femme qu'il retenait. Le détective tomba à terre et encaissa le coup, tout en préservant sa cousine de la chute. Aussitôt, Édouard se précipita pour soulager Stuart du poids de son épouse. Avec l'aide d'Elsie, il étendit Victoria sur le sol et lui tapota la main. Pendant ce temps, Percival aidait Stuart à se relever et l'accompagnait jusqu'au fauteuil en cuir le plus proche. Stuart s'assit avec soulagement, se massant la jambe avec une expression douloureuse.

Victoria recouvra vite ses esprits et fut installée dans l'un des fauteuils destiné à la clientèle. Elsie lui apporta sa panacée personnelle, une tasse de thé sucré pour qu'elle pût se remettre. Puis, elle offrit le même breuvage à tous les autres, elle y compris. La réaction de Victoria ne laissait rien présager de bon. D'autant qu'elle s'en souvînt, sa belle-sœur était une femme raisonnable mais, depuis sa rencontre avec ce Jacques Laclau, Elsie ne reconnaissait plus Victoria.

— C'est la maison Davies, articula soudain cette dernière.

Elle avait hâte d'en finir et de rentrer chez elle. Elle désigna la miniature d'un geste las.

— La maison à la robe bleue représente la maison Davies, reprit-elle. Roberta Davies a disparu il y a quelques années laissant tout derrière elle, y compris la robe bleue qu'elle avait portée la veille de sa disparition. Nul ne sait ce qu'il est advenu de cette pauvre femme. Son mari a été soupçonné un temps mais, faute de preuve, il n'a pas été inquiété.

Les quatre autres échangèrent des regards. Personne ne connaissait cette histoire.

— Comment connaissez-vous cette terrible histoire, Victoria ? demanda Stuart.

Elle soupira et eut un triste sourire.

— Roberta était mon amie. Nous nous étions rencontrées lors de la saison[2] à Londres.

Édouard réfléchit un moment et se souvint soudain de la petite jeune fille brune, sans réelle grâce, mais dont la fortune compensait le peu d'attraits.

— Bartholomew Davies. C'est vrai, j'avais oublié… pensa-t-il à haute voix. Elle s'est mariée avec Bartholomew Davies. Un homme peu fréquentable, si vous voulez mon opinion.

Stuart, Percival et Elsie le fixèrent avec étonnement.

— La bonne société londonienne n'est pas si vaste que vous l'imaginez, reprit Édouard. Nous nous connaissons tous. Bartholomew Davies est un homme d'affaires peu avisé, qui a perdu des fortunes dans des investissements risqués. Il était déjà peu fiable lorsque je l'ai rencontré à Oxford. Il recherchait une héritière fortunée, capable de financer ses lubies boursières. Il est parvenu à séduire Miss Roberta Saintsbury et a dépensé jusqu'au dernier penny de cette pauvre femme. À partir du moment où elle n'a plus pu lui donner d'argent, il s'est détourné d'elle jusqu'à sa disparition.

---

[2] La vie mondaine londonienne connaissait son point d'orgue entre avril et juillet. L'aristocratie et la *gentry* rejoignaient alors leurs résidences londoniennes pour que les jeunes gens de bonnes familles pussent se rencontrer et nouer des alliances, sous le contrôle de leurs familles. La reine officialisait l'appartenance à cette bonne société en recevant quelques jeunes filles à la Cour, ce qui était un sésame pour une belle union matrimoniale.

Victoria acquiesça avec lassitude. Elle était épuisée.

— Roberta aimait sincèrement son époux, reprit-elle, du moins au début de leur union. Les choses ont changé par la suite. J'étais un peu sa confidente et elle me parlait de ses difficultés avec son mari. Il était méchant avec elle, moqueur, violent parfois…

— Est-ce qu'il la battait ? s'inquiéta Percival.

— Une fois, peu avant sa disparition, Roberta avait reçu une gifle… Mais il lui avait présenté ses excuses…

Stuart et Percival émirent un grondement peu courtois au même moment. Ils pensaient peu de bien de ce genre d'excuses. Elsie reporta son attention sur la miniature.

— Donc cette maison représenterait la disparition de Madame Davies, conclut Elsie. Êtes-vous sûre de vous, Victoria ?

— Le salon et le boudoir sont très semblables à ceux des Davies… Du moins à l'époque où j'y allais.

— De quelle époque parlons-nous ? demanda Stuart.

Victoria soupira, plongée dans ses réflexions.

— Plusieurs années, répondit Édouard.

— Je crois que la dernière fois où j'y suis allée, c'était en 1886…

— À peu près cinq ans, intervint Percival. Je vais voir ce que nous avons dans les archives au sujet de cette affaire. Une femme de la bonne société ne peut pas disparaître sans qu'il y ait une enquête.

Édouard sourit. Intègre, jeune, bouillonnant, l'inspecteur ressemblait beaucoup à sa sœur.

— Il doit y avoir un dossier effectivement, confirma-t-il. Le problème, Monsieur l'inspecteur, est que son mari fait aussi partie de la bonne société et il ne manque pas d'entregent.

Elsie regarda son frère avec une surprise scandalisée.

— Tu ne veux tout de même pas dire que…

— Ma chère sœur, les voyous ne sont pas réservés aux pauvres gens. La bonne société en compte un certain nombre, qui usent de leur position sociale pour échapper à ce qui leur déplaît. Je ne sais pas si Bartholomew Davies a assez d'influence pour écarter une enquête de police de son chemin. En revanche, je sais qu'à l'époque de la disparition de son épouse, il se pavanait au club affirmant, à tous ceux qui voulaient bien l'écouter, qu'il ne craignait pas la police.

— À quel club faites-vous allusion, Monsieur ? s'enquit Percival.

— Le *Reform Club*, Monsieur l'inspecteur.

Percival nota l'information dans son esprit. La partie allait être difficile à jouer, mais il était joueur et, avec l'aide des deux détectives, bien des montagnes pouvaient être soulevées.

Après le départ de Victoria et d'Édouard, les trois enquêteurs se concentrèrent sur la maison qui avait tant bouleversé la jeune femme. Ils déplacèrent les petits meubles, fouillèrent dans tous les recoins, secouèrent, tapotèrent et frottèrent tout ce qu'ils trouvaient, mais rien de suspect ne leur apparut.

— Si Victoria a raison, cette maison s'inspire d'un crime réel, commenta Stuart.

— Reste à savoir si les autres maisons le sont aussi, réfléchit Elsie.

— Et si tel est le cas, compléta Percival, il faut que je découvre si ces affaires ont échappé à la vigilance de la police ou si ces crimes ont été punis.

— Si vous regardez bien, Monsieur l'inspecteur, reprit Stuart, nous sommes confrontés à des crimes domestiques. Mis à part le tueur et éventuellement sa victime, il n'y a pas de témoins dans les représentations.

Elsie et Percival reportèrent leur attention sur les maisons. Stuart avait raison. Aucune des maisons ne comptait de domestiques ou d'autres membres de la famille, en dehors de celle du mari infidèle, où ce dernier étranglait sa maîtresse dans la bibliothèque, pendant que son épouse se reposait dans sa chambre.

— Si nous ne pouvons avoir de renseignements sur ces différents crimes, comment allons-nous élucider cette affaire ? s'inquiéta Elsie.

— Nous allons partir de la victime, répondit Stuart. Jacques Laclau était le propriétaire, si ce n'est le créateur, de cette étrange collection. S'il n'a témoigné dans aucun procès, alors nous saurons que cet homme n'était pas qu'un scientifique reconnu. Il collectionnait des reproductions de meurtres non élucidés, mais dans quel but ? Son plaisir personnel ? Un gain quelconque ? Nous l'apprendrons tôt ou tard.

Elsie se tortilla sur sa chaise, mal à l'aise.

— Au moins, nous savons une chose : Jacques Laclau n'avait pas placé Victoria à côté de lui par le fruit du hasard. Qu'il ait trouvé quelque chose contre elle ou pas, ses intentions n'étaient pas neutres envers elle.

Les deux hommes acquiescèrent ensemble. Pourtant, tous deux se demandaient ce qu'une femme comme Victoria pouvait faire au milieu de ces odieuses miniatures.

☙ ◆ ❧

Mardi 14 juillet 1891

Victoria ne savait pas pour quelle obscure raison elle avait fait envoyer sa carte, un peu plus tôt dans la matinée, pour solliciter une entrevue avec Madame Louisa Saintsbury, la mère de Roberta. Non seulement sa carte avait reçu un accueil favorable, mais Louisa Saintsbury lui avait fait répondre qu'elle souhaitait la voir le plus tôt possible, en dehors même des heures de visites habituelles. Victoria se retrouvait donc dans sa voiture en direction du quartier de Westminster pour rencontrer la mère de son amie disparue, sans savoir ce qu'elle allait pouvoir lui dire… ou ce qu'elle était autorisée à lui dire… *Mais qu'est-ce qui m'a pris ?* Elle se tassa dans la banquette. *Qu'est-ce que je vais pouvoir raconter à cette pauvre femme ? Commence par le commencement*, se reprit-elle. *Nous évoquerons nos souvenirs communs de Roberta et, au cours de la conversation, j'aborderai la question de Stuart et d'Elsie... Ce serait un avantage pour eux de pouvoir rencontrer la mère de Roberta. Elle a sûrement plus de détails que moi à leur confier sur la disparition de sa fille.* Rassérénée par ce plan d'action, Victoria se redressa. Elle était une femme adulte, respectée et respectable. Elle ne permettrait pas à ce collectionneur pervers de poupées assassines de la déstabiliser !

☙ ◆ ❧

Édouard s'étonnait lui-même. Quelle mouche l'avait donc piqué pour qu'il s'introduisît ainsi dans le bâtiment de l'*Athenaeum Club* sans y avoir été convié ? Il était pourtant un fervent défenseur du caractère exclusif des *Gentlemen's Club* qui, selon lui, ne devaient être réservés qu'à leurs seuls membres. Jusqu'à ce jour, la notion même de « membre-invité » le contrariait à l'extrême. Que dire désormais ? Il était entré dans l'un des plus vénérables *Gentlemen's Club* de Londres, sans en être membre, ni même y être invité.

Il se rendait à son propre club, situé au 104 Pall Mall, quand il avait vu sur son chemin le bâtiment néo-classique, reconnaissable entre tous, de l'*Athenaeum Club*, au 107 Pall Mall. Avec son portique dorique, sa statue classique de la déesse Athéna et ses frises en bas-relief inspirées de celles du Parthénon, nul ne pouvait ignorer la bâtisse blanche abritant la fameuse association de savants. L'homme qui avait terrifié son épouse avait été un scientifique reconnu, membre éminent du club, c'est pourquoi, sans même y réfléchir, Édouard était entré dans l'immeuble pour y quérir quelques informations.

Il s'étonna d'ailleurs de ne pas en avoir été empêché par les gardiens, qui avaient dû se fier à son apparente respectabilité. Désormais qu'il était entré, il lui fallait trouver des renseignements… *Où les hommes aiment-ils à se confier leurs petits secrets ? Scientifiques ou pas, direction le fumoir…*

☙ ◆ ❧

L'inspecteur Montgomery avait été rappelé à l'ordre par son supérieur. Il n'était pas chargé de l'enquête sur la mort de Jacques Laclau et n'avait donc pas à interférer avec les investigations de l'inspecteur Needham. Pourtant, il ne pouvait s'empêcher de tourner et retourner dans son esprit les discussions de la veille. Réfléchir en compagnie de Stuart Spencer et d'Elsie Worthington était toujours une expérience gratifiante. Loin de censurer leurs instincts de chasseur, les deux détectives laissaient leurs raisonnements les conduire là où la logique les menait. Peu importait dans quelle direction leurs capacités déductives les envoyaient, ils faisaient confiance à leur travail intellectuel et vérifiaient toutes les pistes. *Des reproductions de crimes domestiques…*

Avant d'être rappelé à l'ordre, Percival avait tout de même pu vérifier une chose : Bartholomew Davies avait bien été soupçonné d'avoir fait disparaître son épouse, mais le procureur de l'époque avait décidé, contre l'avis des enquêteurs, de ne pas le poursuivre en justice… Comme Édouard Worthington l'avait supposé, il y avait bien eu un dossier, mais il était vide… ou plutôt, il avait été vidé…

☙ ◆ ❧

Stuart avait bénéficié d'un accueil chaleureux au sein des différentes sociétés savantes qu'il avait visitées dans la journée. Cet élément le surprit agréablement. Depuis l'incroyable publicité dont avait bénéficié l'agence Worthington & Spencer le mois précédent, ses visites étaient considérées avec sérieux par tous les Londoniens. En revanche, s'il avait été reçu avec courtoisie, Stuart devait reconnaître que les informations récoltées étaient bien maigres. Toutefois, les multiples entretiens qu'il avait pu mener lui avaient confirmé deux éléments. Tout d'abord, Jacques Laclau avait souffert d'un complexe d'infériorité prononcé, ce qui l'avait poussé à provoquer tous ses interlocuteurs, et lui avait conféré la réputation déplorable d'un rustre aux tendances agressives. Ensuite, Jacques Laclau avait été unanimement reconnu comme un savant de valeur, dont la compétence avait dépassé le simple lépidoptérophile pour rejoindre celle du lépidoptériste le plus qualifié. Cependant, l'homme n'avait jamais pu bénéficier du titre officiel de « lépidoptériste », car il s'était montré incapable de présenter les diplômes universitaires nécessaires à cette distinction. D'après certains interlocuteurs de Stuart, cette absence de reconnaissance de son niveau universitaire avait plongé le savant dans une logique revancharde et amère vis-à-vis de tous ceux qui osaient arborer leurs distinctions académiques.

Le caractère de cet homme avait été complexe et soutenu par une violence haineuse. Restait à savoir si cette haine bouillonnante avait poussé Jacques Laclau vers l'illégalité…

☙ ♦ ❧

Elsie avait passé la journée à interroger les domestiques de Jacques Laclau. Elle avait été étonnée par la facilité avec laquelle elle avait pu accéder au domicile de la victime - si elle pouvait encore l'appeler ainsi - et du peu de méfiance des serviteurs à son égard. La plupart d'entre eux avaient entendu parler d'elle grâce à l'affaire des nécromanciens, qui avait déchaîné les passions le mois précédent. *Cette petite célébrité est bien pratique...* Pourtant, même s'ils avaient répondu de bon cœur à toutes ses questions, Elsie n'avait pas appris grand-chose sur le mystérieux Jacques Laclau. L'homme avait été solitaire, taciturne, emporté, voire agressif. Il n'avait reçu que très peu de personnes, la plupart du temps des scientifiques intéressés par sa collection de papillons. Pas de femmes, pas d'amis, pas de famille. *Dans ces conditions, il va être bien difficile d'établir des liens entre lui et les éventuels propriétaires des maisons assassines.*

Au cours de toute cette journée d'interrogatoire, la seule chose, qui avait retenu son attention, était la référence faite par le majordome à une domestique renvoyée l'année précédente pour cause de vols. Toutefois, d'après la nouvelle bonne, Janet, la précédente servante avait été renvoyée, car elle avait osé poser une question sur les étranges maisons miniatures. Elle avait aussitôt été chassée. Le maître avait toujours été très strict au sujet de son cabinet des merveilles. Il n'autorisait qu'une seule personne à entrer pour dépoussiérer la pièce et ses meubles, mais sans pouvoir regarder les objets exposés. Connaissant le sort de la précédente domestique, Janet n'avait jamais posé de questions, ni n'avait regardé à l'intérieur des maisons, qui étaient toujours fermées lorsqu'elle allait dépoussiérer la pièce. Cet élément confirmait la méfiance d'Elsie vis-à-vis des miniatures macabres. Jacques Laclau n'aurait pas pris autant de précautions pour de simples jouets.

Sur sa bicyclette, Elsie avait rejoint les bâtiments du *Metropolitan Police Service*, situé à New Scotland Yard dans le quartier de Westminster. Elle espérait pouvoir y trouver l'inspecteur Percival Montgomery pour discuter avec lui des éléments qu'elle avait trouvés et s'enquérir de ceux qu'il avait pu dénicher de son côté.

Alors qu'elle s'approchait des bâtiments de briques si reconnaissables, le cœur d'Elsie eut un raté. Devant la large entrée, l'inspecteur Montgomery discutait avec une jeune fille, qui se montrait pour le moins familière avec lui, puisqu'elle avait posé sa main sur son bras. La jeune fille était lumineuse. Mince, élancée, élégante et coquette, la jeune beauté pépiait joyeusement alors que Percival l'écoutait avec une attention bienveillante. Elsie sentit son cœur s'accélérer et, avant d'être repérée par le policier, elle appuya sur les pédales de sa bicyclette et fila aussi vite qu'elle le pouvait. Puisqu'il était occupé et, selon toute vraisemblance, très intéressé par la jeune personne, elle irait seule à Whitechapel retrouver la domestique congédiée.

Chapitre III

— Veuillez me pardonner cette question, mais je m'étonne qu'un homme de votre probité s'intéresse au sort d'une fripouille pareille.

Édouard marqua une certaine surprise. Son interlocuteur, un digne gentleman aux cheveux blancs, était certes réputé pour son franc-parler, mais il n'avait pas imaginé qu'il pût assener de telles vérités. Édouard s'enfonça dans son fauteuil club et prit le temps de s'intéresser à son cigare.

— Je vous accorde que je n'avais aucun intérêt pour cet homme avant samedi soir, lorsque j'ai trouvé son corps. L'expérience étant peu commune, il est vrai que je suis un peu curieux de savoir qui était mon hôte lors de cette étrange soirée.

— Vous avez trouvé le corps ? s'étonna le gentleman. Effectivement, c'est une expérience des plus déplaisantes. Toutefois, si cela peut vous rasséréner, je vous dirai que cet homme ne sera pleuré par personne et, quand je dis par personne, ce n'est pas une image.

— Il était donc si détestable ? s'enquit Édouard.

— À un point grotesque ! Jacques Laclau n'avait de cesse que de se faire haïr partout où il se présentait. Il était pétri d'une haine universelle envers le genre humain et toute autre forme de vie. Il semait le chaos, était d'une jalousie maladive et, s'il avait été marié, je n'aurais pas été surpris d'apprendre la disparition de son épouse. Grâce à Dieu, l'idée même de se lier à un autre être humain devait tant le révulser qu'il ne s'est jamais marié.

Édouard ne put cacher sa stupéfaction. C'était le

troisième gentleman qui tenait ce genre de propos depuis qu'il interrogeait les membres de l'*Athenaeum Club. Compte tenu des réactions viscérales de ceux qui l'ont un peu connu, je comprends mieux pourquoi Victoria reste si perturbée par ce dîner en quasi-tête-à-tête avec ce rustre.* Édouard se renfrogna. Une question tournait dans son esprit sans que, pour le moment, il pût y trouver de réponse. Pourquoi cet homme avec lequel il n'avait aucune relation, qui ne faisait pas partie de son club, ni partie des cercles qu'il fréquentait, l'avait invité à dîner et, surtout, pourquoi avait-il accepté ? *Victoria…*

Victoria était enfin rentrée chez elle. Elle ne pouvait pas dire qu'elle avait été mal reçue par Louisa Saintsbury, bien au contraire, mais elle était soulagée que cette discussion fût terminée. Elle n'avait pas revu la mère de Roberta depuis de nombreuses années et avait retrouvé avec plaisir cette aimable dame. Toutefois, la pauvre femme avait changé et des rides profondes marquaient désormais son visage. Victoria avait ressenti une grande compassion vis-à-vis de la mère de son amie et s'était reprochée de ne pas avoir pris davantage de ses nouvelles. L'affaire Davies avait été si soudaine, si bouleversante, si ignoble que Victoria avait d'instinct mis de la distance entre elle et tous ceux qui pourraient lui rappeler Roberta. Elle avait été si indignée par l'image que Bartholomew Davies donnait de son épouse disparue, - une image fausse, mensongère, outrée - qu'elle avait tenté pendant un temps de défendre son amie lors des rares réunions mondaines où elle se rendait. Toutefois, elle avait vite compris que la bonne société avait choisi son camp. Le camp de celui qui hurlait à la face du monde qu'il était innocent, que son épouse était instable, suicidaire, parfois violente… bref, démente. Victoria avait essayé, mais elle avait abandonné la lutte et, le temps passant, l'affaire Davies avait été oubliée. *Pas par Louisa, ni par moi ! Roberta mérite qu'on lui rende justice !* Victoria se redressa et but une gorgée de son thé préféré, du *Earl Grey. Je n'ai pas fait ce qu'il fallait à l'époque et je m'en veux ! Peut-être que si j'avais insisté, peut-être que si nous nous étions plus battues pour découvrir la vérité, peut-être... Assez ! Je ne suis plus la même femme et je ne suis plus seule ! Avec l'aide d'Édouard, d'Elsie, de Stuart et de ce jeune inspecteur, nous allons rendre justice à Roberta.* Victoria termina sa tasse de thé et se dirigea vers le seul endroit qui était capable de calmer ses nerfs : la salle d'armes. *Bartholomew Davies, préparez-vous. La partie n'est pas terminée et les joueurs ont changé !*

Victoria se sentait mieux. La pratique de l'escrime lui apportait toujours ce calme, cette sérénité du corps et de l'esprit qu'elle avait peu connue avant de pratiquer une activité physique. *Elsie avait raison durant toutes ces années. Elle dit beaucoup de bien de ces étranges véhicules, les bicyclettes... Peut-être faudrait-il que j'essaie.* Elle avait décidé de rejoindre l'agence Worthington & Spencer à pied, ce qui ne lui serait jamais venu à l'esprit auparavant. La distance séparant leur hôtel particulier de l'agence de détectives privés n'était pourtant pas grande. Toutefois, Victoria avait tant eu l'habitude d'abandonner son corps à la plus extrême oisiveté que chaque nouvelle expérience l'étonnait et la ravissait.

Tout en marchant, elle songeait à la conversation qu'elle avait eue avec Louisa Saintsbury. Elle était fière d'elle-même. Au cours de la discussion, elle était parvenue à obtenir que son hôtesse acceptât de recevoir Stuart et Elsie pour leur parler de l'affaire Davies. Victoria avait tenu secrète la raison de cette entrevue. Elle ignorait ce qu'était cette détestable miniature représentant la maison des Davies et elle ne voulait pas donner de faux espoirs à la pauvre femme. Toutefois, le fait qu'Elsie, Stuart et l'inspecteur Montgomery s'intéressassent à ces jouets laissait penser à Victoria que tout espoir n'était pas perdu. Si cette maison pouvait mener au meurtrier de Roberta, elle ferait tout ce qui était en son pouvoir pour révéler la vérité. Aussi, se rendait-elle d'un bon pas à l'agence pour prévenir sa belle-sœur et son cousin de l'entretien qu'elle leur avait obtenu.

Stuart avait un mauvais pressentiment. Il avait assez côtoyé de criminels au cours de sa vie pour savoir quand il avait affaire à l'un d'entre eux. Ce Jacques Laclau, la victime, était sans l'ombre d'un doute un scélérat. Toutefois, Stuart devait encore déterminer à quelle catégorie il appartenait. Était-il un meurtrier qui gardait un souvenir de ses forfaits à travers les miniatures qu'il collectionnait ? Était-il un maître-chanteur qui utilisait les maisons miniatures pour rançonner les meurtriers ? Était-il un admirateur des assassins qui se repaissait des représentations de crimes réels, sans les dénoncer à la justice ? Jacques Laclau était-il un pousse-au-crime, dans le sens premier du terme ? Avait-il été capable d'inciter certains de ses contemporains à l'acte meurtrier par simple passion pour les assassinats ? Ou était-il un simple esprit malade inventeur de crimes ? Cette dernière hypothèse convainquait de moins en moins Stuart. De la même manière, il ne pensait pas Jacques Laclau capable d'avoir perpétré seul autant de meurtres. *Ils sont trop différents. Ils impliquent aussi bien des hommes que des femmes. Les victimes sont tantôt empoisonnées, tantôt poignardées, tantôt étranglées. Tout est trop variable. Un seul homme ne peut pas s'être rendu coupable de tous ces crimes. Alors quoi ?*

À ce stade des investigations, Stuart l'ignorait encore.

Toutefois, le portrait qu'il commençait à brosser du personnage, à force de témoignages de ceux qui l'avaient connu ou côtoyé, n'avait rien de flatteur. L'homme avait été un haineux, un violent, un vindicatif. Il avait été craint pour ses débordements, ses provocations, ses humiliations. Il ne ratait jamais une occasion de se moquer, de rabaisser, d'offenser tous ceux qui croisaient sa route.

Stuart avait pris le temps d'arpenter les trois sociétés savantes, dont il avait retrouvé la trace dans les quelques éléments que l'inspecteur Needham avait bien voulu lui montrer. À aucun moment, dans aucune de ces honorables institutions, l'un ou l'autre des gentlemen qu'il avait questionnés, n'avait eu le moindre mot de compassion pour celui qui était mort étranglé au milieu de ses papillons. Ce genre de mort violente suscitait l'horreur d'habitude, mais il fallait croire que, dans le cas de Jacques Laclau, la détestation qu'il avait suscitée avait emporté avec elle toute forme de civilité ou d'humanité. *Le bonhomme était hors norme. Cette affaire doit l'être aussi. Plus j'y pense, plus je suis persuadé que ces maisons sont toutes le reflet d'une horrible vérité. Mais comment découvrir le nom des protagonistes de ces scènes criminelles ? Sans Victoria, nous n'aurions pas même identifié la maison des Davies...* Une pensée lancinante se réimposa dans l'esprit de Stuart. *Victoria...*

☙ ♦ ❧

Elsie avait rejoint à grands coups de pédales le quartier de mauvaise réputation de Whitechapel. Trois ans auparavant, elle n'aurait jamais osé s'enfoncer seule dans les ruelles sales, qui avaient abrité les œuvres de l'abominable Jack l'Éventreur. À bien y réfléchir, nul ne savait ce qu'était devenu ce monstre... *Un de plus à courir les rues sans être inquiété...* Quand elle s'était jetée tête la première dans la grande aventure de l'enquête, Elsie n'avait pas imaginé se plonger dans la criminalité la plus abjecte. Pourtant, loin de se retrouver cantonnée aux surveillances d'époux infidèles ou aux vols des domestiques, l'agence Worthington & Spencer s'était taillée une solide réputation dans l'élucidation des meurtres. Depuis l'affaire des nécromanciens, ils croulaient sous les demandes d'enquêtes sur des crimes curieux, des disparitions, des enlèvements non élucidés… *Et si jamais ces maisons représentent huit crimes passés sous silence, nous n'allons plus savoir où donner de la tête.* Elsie s'arrêta un instant et sortit son plan de Londres. Elle connaissait mal Whitechapel.

— On peut vous aider, Mam'zelle ?

Elsie releva le nez de son plan et fut surprise de trouver deux gaillards qui approchaient. *Stuart en ferait une jaunisse.* Cette pensée l'amusa et elle sourit.

— C'est bien aimable à vous, Messieurs. Je cherche une dame qui réside dans la Nelson Street, s'il vous plaît.

Les deux hommes furent un instant interloqués et éclatèrent d'un rire sonore.

— C'était pas vraiment l'idée, cracha le premier.

— J'dirai que c'est plutôt la Mam'zelle qui va aider deux pauvres gars sans le sou.

Elsie les détailla avec intérêt. Ils devaient avoir à peu près son âge, étaient dans une bonne forme physique - du moins assez pour lui poser des difficultés au corps-à-corps -, mais elle n'était pas une gentille petite femme sans défense.

— Vous êtes mal habitués, Messieurs.

Elle sortit avec calme son revolver et le pointa sur l'entre-jambe de celui qui avait eu l'audace de s'approcher le plus d'elle.

— Comme vous pouvez le constater, je ne suis pas l'une de vos victimes habituelles. Donc, je disais : je cherche la Nelson Street.

Aucun des deux ne répondit. Ébahis, ils fixaient le revolver sans comprendre.

— Qu'est-ce qu'il y a ? râla Elsie. Je ne vous ai pas arraché la langue pourtant… Du moins pas encore.

Elle eut juste le temps de voir les deux malandrins déguerpir sans demander leur reste. *Ils courent vite.* Elle haussa ses larges épaules et décida de s'éloigner un peu avant de consulter de nouveau son plan. *Whitechapel mérite sa mauvaise réputation… Je me demande ce que cette femme est venue faire dans un tel quartier… À moins que… Elle n'a pas eu le choix, c'était sa seule option.*

Après quelques tours et détours, Elsie était enfin arrivée à destination. La rue était moins crasseuse que tant d'autres qu'elle avait sillonnées en route.

Quand elle toqua à la porte, une femme aux cheveux noirs clairsemés lui ouvrit.

— Qu'est-ce que vous voulez ?

Elsie encaissa l'affront. S'il s'agissait de la domestique remerciée par Jacques Laclau, cette piste allait tourner court.

— Je cherche Madame Fiona May.

— Et qu'est-ce que vous lui voulez ?

S'il s'agit de vous, la gifler dans l'immédiat ! Elsie inspira et reprit avec calme :

— J'ai besoin de renseignements sur Jacques Laclau.

Le femme roula des yeux scandalisés et cracha au sol… Heureusement, loin d'Elsie.

— Qu'il crève !

— C'est déjà fait.

La furie observa un instant Elsie.

— Il est mort ? reprit-elle.

— On ne peut plus mort, confirma Elsie. Il a été étranglé samedi soir dernier.

C'était la meilleure nouvelle de la décennie à la mine réjouie de son interlocutrice.

— C'est bien fait ! Il a enfin eu ce qu'il méritait ! Un mauvais, méchant, injuste et avare ! Un rat vaudrait mieux que lui !

Pour appuyer ses propos, elle recracha au sol. Elsie se demanda comment elle allait pouvoir interroger une telle mégère et obtenir des informations fiables.

— C'est aussi mon opinion. Quand on voit ce qu'il dissimulait dans son cabinet des merveilles ! Des merveilles ? N'importe quoi ! Une collection de cadavres, oui !

Elsie se demanda s'il fallait qu'elle crachât elle aussi, mais s'abstint de le faire. Sa digne mère en serait morte d'horreur.

— Bien dit ! Une vraie abomination, c'est ce que j'ai toujours dit !

La femme cessa soudain ses invectives pour examiner Elsie.

— Vous êtes qui, Miss ?

— Je suis Elsie Worthington, de l'agence de détectives privés Worthington & Spencer.

La femme l'observa un temps. Elle semblait réfléchir, puis elle hocha la tête et se tourna vers l'intérieur de la maison. Derrière elle, Elsie aperçut une pièce assez grande, assez propre, mais quasi vide. *Les temps sont durs...*

— Fiona ! Y'a quelqu'un qui veut te parler !

Donc ce n'est pas elle... Sa mère, peut-être ? Sa logeuse ? Une jeune femme châtain sortit.

Vêtue d'une robe grise rapiécée, Fiona rougit jusqu'aux oreilles lorsqu'elle vit Elsie. Elle détailla en un instant les vêtements épais et neufs, la bicyclette et l'allure de la détective. Les deux femmes n'étaient pas du même monde et Fiona avait honte de se présenter ainsi devant une dame de la bonne société.

— Bonjour Miss, que puis-je faire pour vous ?

La voix de Fiona était claire et douce. La jeune fille plut aussitôt à la détective.

— Bonjour Miss. Êtes-vous Miss Fiona May ?

— Oui.

— J'ai besoin de renseignements sur Jacques Laclau.

À ce nom, la jeune femme blêmit.

— Je vous assure que tout ce qu'il a dit sur moi est faux ! Je n'ai jamais rien volé ! Je n'ai…

Elsie leva une main pacificatrice.

— Je ne suis pas là pour vous accuser. Je suis là pour vous aider, mais j'ai besoin d'informations.

Fiona se calma.

— Jacques Laclau a été assassiné samedi dernier dans son cabinet des merveilles, reprit Elsie. D'après Janet, qui vous a succédé dans la maison, vous étiez chargée de nettoyer cette pièce.

Fiona acquiesça. Elle était un peu pâle. La nouvelle de la mort de son ancien employeur la perturbait.

— Le maître était très exigeant avec nous et très autoritaire, expliqua-t-elle. Il nous surveillait constamment et, à la moindre occasion, il retenait sur nos gages toutes sortes de dégâts imaginaires. Pour son cabinet des merveilles, comme il l'appelait, une seule personne était autorisée à y entrer pour enlever la poussière. Il protégeait ses papillons comme si sa vie en dépendait. C'est pour ça que j'ai cru que ce qui avait le plus de valeur dans cette salle, c'était les papillons. Je faisais donc très attention à eux. Je ne voulais pas abîmer ceux qui n'étaient pas protégés par des vitrines. Je me suis bien trompée !

Elsie observait la jeune femme. Elle semblait dire la vérité, du moins ce qu'elle estimait être la vérité.

— Un jour, en époussetant une de ces horribles maisons, la façade s'est ouverte. J'ai été surprise et j'ai regardé à l'intérieur… C'était horrible, Miss ! Un meurtre, voilà ce que ces poupées représentaient. Un homme étranglait une femme dans une pièce noire.

La maison de l'époux infidèle…

— J'ai alors ouvert la deuxième maison et un homme égorgeait un chien.

La maison au fox-terrier...

— Je n'en croyais pas mes yeux et j'ai ouvert les autres... Toutes les autres... Elles étaient plus affreuses les unes que les autres !

Elsie acquiesça avec calme.

— Est-ce que vous avez pris le temps de nettoyer les maisons ?

— Oh, je vous assure, Miss, que ce que je voulais faire, c'était m'éloigner le plus possible de ces horribles choses. Je ne sais pas si j'avais crié de surprise ou pas, mais le maître est apparu. Il a commencé à hurler sur moi et il s'est calmé aussi vite.

Fiona s'arrêta un instant. Elsie craignit qu'elle ne se retînt de parler.

— Et ? l'encouragea-t-elle.

— Et il a exigé que je nettoie l'intérieur des maisons, annonça Fiona le souffle court. Il ne voulait plus voir un seul grain de poussière dans aucune d'entre elles. Certaines étaient vieilles et sales. J'ai passé des jours et des jours à nettoyer ces maisons avec un pinceau pour ne rien faire bouger. Elles devaient rester intactes. Il m'a surveillée jour après jour, installé dans son fauteuil, pendant que je nettoyais toutes ces affreuses choses.

Stuart avait encore raison. Jacques Laclau observait ses collections assis dans son fauteuil... Précision faite qu'il aimait aussi guetter la peur et le dégoût chez les autres...

— Avez-vous remarqué quelque chose au sujet de ces miniatures ?

Fiona hésita. Pouvait-elle parler en toute liberté à cette inconnue ? Elle regarda Elsie, puis avoua :

— Oui, Miss, et c'est ce qui m'a coûté ma place. Je me suis fait la remarque que ces maisons n'avaient pas été créées par la même personne. Les sept maisons étaient trop différentes...

— Sept ? Non, il y en avait huit.

Fiona secoua la tête en signe de dénégation.

— Non, Miss, il y en avait sept. J'ai eu le temps de les compter !

Elsie fronçait les sourcils. Une maison avait donc été ajoutée entre le moment du départ de Fiona et la mort de son ancien maître.

— Quand avez-vous été licenciée ?

— Il y a un peu plus d'un an, Miss.

— Pouvez-vous me décrire les maisons dont vous vous souvenez ?

— Oui, je vais essayer… Comme je vous l'ai dit, il y avait la maison avec le chien et la maison avec la femme étranglée. Ensuite, il y avait la maison avec l'empoisonneuse, et celle avec le mari tout seul.

La maison de l'empoisonneuse et la maison à la robe bleue…

— La maison avec cette horrible femme qui étouffe un bébé…

Fiona ne put réprimer un frisson d'horreur. *La maison de l'ogresse…*

— La maison avec le médecin qui empoisonnait ses patients… Des pauvres vieilles personnes sans défense, c'était horrible.

La maison du médecin assassin… Elsie fronça les sourcils… *Comment des vieilles personnes ?*

— Un instant, Fiona, êtes-vous sûre qu'il s'agissait de personnes âgées ?

— Oui, Miss, j'en suis sûre. Quand j'ai nettoyé les poupées, elles avaient des rides sur le front. Je me suis fait la remarque que ce n'était pas malin d'avoir dessiné ainsi sur les poupées et mon maître a éclaté de rire en disant : « Et comment voulez-vous qu'on représente les rides de tous ces vieillards séniles ? ». Ça m'avait choquée…

— Je comprends. Continuez, je vous prie…

Fiona réfléchit un instant et se mit à compter sur ses doigts. Elle repassait dans sa tête les maisons déjà évoquées.

— Il y avait aussi la maison où un couple regardait mourir un homme qui se tordait au sol.

La maison des amants assassins…

— Est-ce que vous avez vu la reproduction exacte de la maison de votre maître ?

— Ah non, Miss, répondit Fiona avec conviction. Ça, je l'aurais remarqué !

— Je n'en doute pas.

Elsie était d'accord avec l'ancienne bonne. Compte tenu de sa mémoire et de la précision des descriptions, Fiona n'aurait pas pu rater la maison de Jacques Laclau. Cette miniature était donc la dernière de la collection, la plus récente.

— Puis-je vous poser une question plus personnelle ? s'enquit Elsie.

— Oui, Miss, acquiesça-t-elle d'une voix hésitante.

— Qu'est-ce que vous faites là ? Je veux dire, vous étiez domestique, c'est quand même une meilleure situation…

Le souffle de Fiona se bloqua. Elle tenta d'avaler de l'air, mais sa respiration se fit saccadée. Le rouge de l'indignation lui monta au front.

— Si le maître n'avait pas menti pour me renvoyer sans le sou, j'aurais peut-être pu retrouver une autre place ! Mais il a dit que je l'avais volé et a refusé de me faire une lettre de recommandation.

Elsie acquiesça. Sans lettres de recommandation, les agences de placement refusaient de recevoir les domestiques à la recherche d'un poste. *Et sans agence de placement, pas d'emploi…* Elsie sonda Fiona du regard.

— Qui est la dame que j'ai vue ? demanda-t-elle.

— C'est ma tante, Anna Carlyle. Sans elle, je serais à la rue… Je fais quelques menus travaux que quelques personnes veulent bien me confier… Je couds, je lave, je brode parfois… Mais c'est une vie misérable… conclut-elle dans un soupir.

— Vous êtes payée à la tâche… C'est très dur, je

comprends…

Elsie fulminait. Le sort de Fiona était injuste ! Elle commençait à rejoindre l'opinion commune : ce Jacques Laclau avait été une vermine !

— Combien a-t-il retenu sur vos gages ? s'enquit-elle soudain.

— Je vous demande pardon, Miss ?

— Combien Jacques Laclau vous a-t-il volé ?

Fiona sembla bouleversée. Être ainsi reconnue comme une victime de vol la choquait et l'émouvait en même temps.

— 10 pounds, Miss.

Elsie eut un haut-le-cœur.

— Pardon ? Mais ça représente les deux tiers d'un salaire annuel dans votre position !

Fiona acquiesça, la mine triste. Non seulement Jacques Laclau avait ruiné sa carrière de domestique, mais elle avait travaillé dur pour rien.

Elsie sortit un porte-monnaie de l'une de ses poches, mais elle ne disposait que de trois livres sur elle. Elle ronchonna, fouilla dans sa veste, puis son pantalon et en sortit une carte.

— Prenez déjà deux pounds, Fiona, et présentez-vous demain à cette adresse, je vous fais préparer la somme qui vous est due.

Fiona en resta ébahie.

— Mais Miss, ce n'est pas…

Elsie saisit la main de Fiona pour y déposer la carte et les deux pièces d'un geste un peu brusque.

— Ne discutez pas, Fiona, ordonna-t-elle. Demain, à cette adresse.

Elsie enfourchait déjà sa bicyclette.

— Mais pourquoi ? demanda la jeune fille d'une petite voix.

Elsie la fixa un instant. La question méritait une réponse.

— Parce que je travaille pour la Justice et que justice ne

vous sera jamais rendue, si je ne le fais pas moi-même. À demain ! Je compte sur vous !

Fiona acquiesça d'un signe de tête et regarda Elsie filer comme le vent sur son étrange bolide.

☙ ♦ ❧

Victoria atteignait enfin l'agence. Elle était heureuse de marcher seule, car nul doute qu'Elsie ou Édouard se seraient moqués d'elle ! Elle était si essoufflée par une promenade si courte. *Et ce corset !* Elle comprenait mieux les récriminations d'Elsie contre les tenues des femmes de la bonne société. Les corsets, jupons, robes et autres fanfreluches n'étaient tolérables que lorsque l'on restait à ne rien faire à l'intérieur ! Dès que l'on essayait de bouger, la situation devenait intenable !

Essoufflée et rouge, Victoria toqua à la porte de l'agence avec ses dernières forces. Elle espérait que Stuart ou Elsie lui offrirait une tasse de thé pour qu'elle pût se remettre de tant d'exercices ! *Quelle idée saugrenue, j'ai eue ! Venir à pied ! En plein mois de juillet !* Victoria attendait devant la porte, mais personne ne semblait disposé à lui ouvrir. Elle réitéra la manœuvre, peut-être n'avaient-ils pas entendu…

Au bout de quelques instants, elle se saisit de la poignée et s'aperçut que la porte était ouverte. *Je vais entrer… Il fera sûrement meilleur à l'intérieur. Stuart doit se trouver à l'étage et il ne m'a pas entendu…* Victoria entra et referma la porte derrière elle. Puis, elle avança de quelques pas dans le couloir, quand un bruit métallique provenant du bureau d'Elsie la surprit.

— Stuart ? Je suis vraiment confuse, mais il faisait si chaud dehors que…

Une sombre silhouette surgit juste devant elle. Victoria ne vit qu'une chose, le couteau pointé vers elle.

CHAPITRE IV

Stuart avait trop marché ce jour-là et sa jambe se rappelait à son bon souvenir. La douleur n'était pas encore insupportable, mais elle n'allait pas tarder à le devenir. Bien qu'il n'aimât pas abuser des frais mis à la charge de son client, il avait décidé de rentrer en cabriolet, se sentant incapable de retourner à pied ou en métropolitain à l'agence. *Édouard n'y verra probablement pas d'inconvénient. Victoria encore moins.* Stuart sourit en pensant à ses deux cousins si convenables. Quand il avait rencontré pour la première fois ce couple compassé et hautain[3], il n'aurait jamais imaginé qu'une amitié sincère pût naître entre eux. Édouard et Victoria avaient tout de la *Upper middle class*[4] richissime, trop éloignés des difficultés du reste de la population pour se lier à un simple ancien officier de l'armée des Indes. Pourtant, dès les premières difficultés, Édouard avait été un homme de confiance et Victoria s'était toujours montrée d'une grande courtoisie envers lui. Le temps passant, la pugnacité d'Elsie avait imposé Stuart dans les repas dominicaux, dans les fêtes de famille et, désormais, il pouvait dire qu'il avait une vraie famille anglaise. Cette pensée lui réchauffa le cœur. Lui qui s'était senti si seul à son arrivée en Grande-Bretagne pouvait envisager un avenir plus chaleureux à Londres. *Surtout si je parviens à y associer Isadora...* Stuart sourit seul. *Comme un benêt aurait précisé Elsie*, ce qui le fit rire.

---

[3] *Sombres secrets. Worthington & Spencer, détectives privés*, 2018.

[4] Classe moyenne supérieure (capitaines d'industrie, banquiers…).

La course était agréable. Il faisait doux en ce mois de juillet. Ses pensées retournèrent vers Isadora. Il se demandait s'il la reverrait un jour, s'il aurait l'occasion de mieux la connaître et, peut-être, de lui faire la cour. *Depuis combien de temps n'as-tu pas ressenti ce pincement au cœur ?* Il replongea dans ses souvenirs. Il avait bien eu quelques compagnes en Inde. Très peu en vérité. Une veuve anglaise et une métisse rejetée par les deux mondes dont elle était issue, donc indépendante et libre. Toutefois, au fond de son cœur, il savait que jamais il ne se remettrait de la douleur de son premier grand amour. À dix-sept ans, il était tombé éperdument amoureux d'une jeune fille indienne de haute lignée. *Lakshmi…* Il l'avait aimée avec cet abandon, cette folie que seuls les cœurs purs peuvent connaître, puis la famille de la jeune fille en avait décidé autrement. Elle avait été mariée à un autre, plus riche, plus puissant. Un homme de sa caste. Il ne l'avait jamais revue mais, dans ses souvenirs, il se rappelait ses sourires, ses joies, ses peines, ses espoirs… Il l'avait cherchée, longtemps, jusqu'à ce que l'affaire ne prît un tour plus politique et que le vice-roi en personne ne fît savoir à Léopold Spencer que son fils adoptif ne pouvait pas continuer à perturber la puissante famille de celle qu'il avait tant aimée. *La politique et l'amour ne font pas bon ménage...* Stuart sourit avec compassion au souvenir de lui-même, plus jeune, plus innocent, petit bâtard anglais amoureux d'une princesse des Indes. *J'espère que tu vas bien, Lakshmi, et que tu as trouvé ton bonheur...*

La proximité de l'agence ramena Stuart dans les temps présents, loin du Raj britannique et des amours de jeunesse.

☙ ◆ ❧

Victoria n'en croyait pas ses yeux. Un homme, dont le visage était recouvert d'un foulard noir, la menaçait d'un couteau. Il fonça sur elle, lame en avant. Sans réfléchir,

Victoria se propulsa sur le côté et abattit son charmant petit réticule sur le poignet de l'assassin en puissance. L'homme grogna sous le choc et lâcha son arme qui tomba au sol. Victoria raffermit sa prise sur son sac à main et s'apprêtait à frapper de nouveau, quand son agresseur bondit vers la porte et s'enfuit sans demander son reste.

Victoria fixait la porte ouverte par laquelle le criminel avait filé et s'autorisa à respirer de nouveau… du moins autant que son corset l'y autorisait. *Un assassin… Il y avait un assassin dans l'agence… Seigneur Dieu tout-puissant ! Stuart ! Elsie !*

— Stuart ? Elsie ?

Victoria se précipita dans le bureau d'Elsie. Les miniatures étaient toujours là où elle les avait vues la veille, sauf l'une d'entre elles qui avait été jetée au sol. Victoria ne porta aucune attention à ce détail et fit le tour de la pièce en regardant sous les meubles. *Pourvu que je ne les trouve pas. Pourvu que je ne les trouve pas.* Elle arpentait l'agence de long en large à la recherche de sa belle-sœur ou de son cousin par alliance. Le rez-de-chaussée était vide. Nulle trace des deux détectives.

Elle jeta un coup d'œil à la porte d'entrée encore ouverte. Devait-elle rester ? Devait-elle s'enfuir ? Repartir en courant vers chez elle et prévenir par téléphone le poste de police le plus proche ? *Pourquoi n'ont-ils pas installé le téléphone dans l'agence ! Ce serait infiniment plus pratique.* Victoria revenait vers l'entrée quand une silhouette d'homme s'encadra dans l'ouverture. Toute maîtresse de ses nerfs qu'elle fût, la digne Victorienne perdit tout contrôle et hurla à pleins poumons.

Stuart fut saisi par le hurlement. Il se précipita dans l'entrée de l'agence, plongeant sa main vers son holster et stoppa net son mouvement.

— Victoria ?

Sa cousine le fixa comme si elle voyait un spectre. Cependant, la vision de Stuart coupa son cri.

— Stuart ? s'étrangla-t-elle.

Victoria se précipita sur lui et, contre toute attente, le serra dans ses bras.

— Merci Seigneur Dieu tout-puissant, vous êtes vivant ! J'ai eu si peur pour vous ! Cet homme… Le couteau…

Stuart blêmit.

— Avez-vous vu, Elsie ? demanda-t-il en éloignant Victoria de lui, tout en la maintenant debout.

— N'est-elle pas avec vous ?

Toute couleur quitta le visage de la jeune femme. C'était beaucoup trop d'émotions pour une honnête mère de famille. Stuart cala Victoria contre un mur de l'entrée et sortit son revolver.

— Elle n'est pas en bas, j'ai regardé partout…

La voix était atone. Stuart avança vers l'escalier menant à l'étage et grimpa le plus silencieusement qu'il put. Arrivé dans son appartement, il en fit vite le tour, puis redescendit.

Victoria était toujours appuyée contre le même mur, mais elle avait refermé la porte d'entrée près d'elle.

— Il n'y a personne, l'informa Stuart en replaçant son revolver dans son étui. Que s'est-il passé, Victoria ?

La jeune femme déglutit. Elle se demandait comment Stuart et Elsie pouvaient supporter une vie si pleine de dangers et d'imprévus. Pour sa part, sa vie un peu monotone de bourgeoise aisée lui convenait fort bien.

— J'étais venue vous voir pour vous dire que Madame Louisa Saintsbury, la mère de Roberta Davies, souhaiterait vous rencontrer pour s'entretenir avec vous de la disparition de sa fille… Auriez-vous l'obligeance de m'offrir une tasse de thé, s'il vous plaît ?

Stuart acquiesça avec amabilité et invita Victoria à s'installer dans un fauteuil de son bureau. Il se chargea ensuite de préparer le thé, conservant le silence pour laisser le temps à sa cousine de se remettre de ses émotions. Après tout, elle n'avait pas été blessée, son agresseur avait pris la fuite et, mis à part une maison qui avait été jetée au sol, rien ne semblait avoir été abîmé dans l'agence. Le détective servit une tasse de *Earl Grey* odorant à Victoria, dont il connaissait la préférence pour ce thé parfumé.

— Que s'est-il passé, Victoria ?

— Je voulais vous donner la nouvelle le plus vite possible et, comme il faisait beau, j'ai décidé de venir à pied à l'agence. Toutefois, je n'avais pas songé qu'il ferait si chaud et j'avais grand soif. Comme vous ne répondiez pas et que la porte était ouverte, je suis entrée pour attendre que vous arriviez. Je supposais que vous étiez à l'étage et que vous n'aviez pas entendu.

Stuart fronça les sourcils. Il était certain d'avoir fermé la porte avant de partir. *Notre homme a donc un don de passe-muraille...*

— Un homme a surgi du bureau d'Elsie, continua Victoria. Il avait un couteau. J'ai à peine eu le temps de le voir qu'il m'a attaquée. J'ai esquivé le coup, comme mon maître d'armes me l'a enseigné et je l'ai frappé avec mon réticule.

Les joues de Victoria étaient rouges d'indignation. Être ainsi attaquée en plein jour à Londres était un scandale ! Les honnêtes gens n'étaient plus en sécurité nulle part !

— Il a lâché son couteau et est parti peu avant votre arrivée.

Stuart rejoignit l'entrée sans un mot. Il observa la serrure de la porte d'entrée et constata qu'elle avait été forcée. Puis, il reporta son attention sur le couloir. *Il a lâché son couteau... Mais où ?* Nulle trace du couteau dans le couloir. *Peut-être a-t-il rebondi...* Stuart entra dans le bureau d'Elsie, le parcourut et observa le moindre recoin, sans résultat. Il retourna dans son propre bureau et inspecta le sol avec la même attention. *Rien...*

— Êtes-vous certaine que votre agresseur a lâché son arme ? demanda-t-il.

— Oui, je l'ai entendue tomber au sol… et je l'ai frappé de toutes mes forces avec ceci !

Victoria tendit son sac à main à Stuart qui s'en saisit par réflexe. Le détective fut surpris par le poids de l'objet. Tout minuscule que ce sac fût, il pesait son poids.

— Il est lourd, constata-t-il.

Elle acquiesça d'un hochement de tête.

— Oui, Elsie m'a conseillé de mettre ceci au fond de mon sac pour m'en servir comme d'une masse…

Victoria fouilla un instant dans son sac à main et en sortit un lingot de plomb. Stuart ne put s'empêcher de rire.

— Elsie est toujours de bon conseil, dit-il avec le sourire.

— Oui, répondit-elle avec un sourire gêné. Je pense que je ne l'ai pas assez écoutée par le passé…

Stuart reporta son attention sur la pièce. Il croyait Victoria lorsqu'elle disait que le couteau était tombé mais, dans ce cas, où se trouvait cette arme ?

— Que s'est-il passé après le départ de votre agresseur ?

— J'ai eu peur que vous n'ayez été blessé par ce fou et j'ai fouillé le rez-de-chaussée à votre recherche.

— La porte d'entrée était-elle ouverte à ce moment-là ?

Victoria déglutit.

— Oui, je n'ai réalisé que j'avais oublié de refermer la porte derrière l'agresseur que lorsque je suis revenue dans l'entrée.

Stuart grimaça. *L'homme est revenu sur ses pas, il aurait aussi bien pu se débarrasser de Victoria. Pourquoi n'a-t-il pas profité de l'occasion ?*

— Lorsque vous avez été attaquée, vous teniez-vous entre la porte et votre assaillant ?

Elle acquiesça. *Il l'a attaquée parce qu'elle l'empêchait de fuir...* Stuart rejoignit le bureau d'Elsie et observa la maison qui avait été jetée au sol. *La maison de l'époux infidèle... Pourquoi ?*

☙ ◆ ❧

Elsie était contrariée. Selon toute vraisemblance, elle s'était perdue et le quartier de Whitechapel, à la tombée de la nuit, n'était certes pas un endroit où s'égarer en toute quiétude. Les rues étaient labyrinthiques. Vous passiez d'un côté, vous suiviez un axe aussi loin que vous le pouviez, vous tourniez car vous n'aviez pas d'autre choix, vous longiez la route suivante et, au final, vous vous retrouviez à votre point de départ. Elsie grommelait toute seule en appuyant sur ses pédales aussi fort qu'elle le pouvait, sachant qu'elle n'avait pas le loisir de s'arrêter n'importe où pour consulter sa carte. Au moins, quand elle filait à toute vitesse sur sa bicyclette, était-elle certaine de ne pas être attaquée par quelque malandrin caché dans l'ombre.

Elsie ralentit son allure à l'approche de ce qu'elle cherchait depuis un moment, un endroit éclairé et dégagé où elle pourrait consulter sa carte. Elle mit pied à terre et observa quelques instants les environs. L'endroit semblait calme. La détective sortit son plan de l'une des poches profondes de son pantalon et tentait de se repérer, quand une lourde main s'abattit sur son épaule.

☙ ◆ ❧

Stuart regagnait l'agence d'un bon pas. Bien que la porte d'entrée ne fermât plus, il n'avait pu se résoudre à laisser Victoria rentrer seule chez elle. Quand il vit deux silhouettes patienter devant le 46 Maple Street, il accéléra encore. À sa grande surprise, l'inspecteur David Needham était accompagné par le procureur Connor Muir. À son approche, le procureur de la reine se redressa de toute sa hauteur, qui n'était pas bien impressionnante. Toutefois, il ne fallait pas se fier à son apparence. L'homme était certes petit par la taille, mais son esprit était vif et acéré. Stuart le vit ajuster son lorgnon et crut discerner un léger sourire sur son visage toujours si sérieux.

— Bonjour Monsieur le procureur. Monsieur l'inspecteur.

— Bonjour Monsieur Spencer, répondit le procureur avec son ton sec habituel. J'espère que nous ne vous dérangeons pas, mais nous aurions besoin de vous parler.

Stuart acquiesça et poussa la porte pour laisser entrer les deux hommes. Le procureur fronça les sourcils.

— C'est bien ce qu'il m'avait semblé... remarqua l'inspecteur. Votre porte a été forcée, n'est-ce pas ?

— Oui, nous avons eu la mauvaise surprise de recevoir la visite d'un importun, mais je préfère vous entretenir de cette difficulté à l'intérieur.

Ils acquiescèrent sans un mot de plus. Stuart les guida vers le bureau d'Elsie où se trouvaient les miniatures.

— Voilà donc ces petites horreurs qui ont tant intéressé l'inspecteur Montgomery... commenta le procureur Muir en rajustant son lorgnon.

À ses côtés, l'inspecteur Needham se renfrogna. Nul doute que l'homme n'appréciait pas l'ingérence de son collègue dans son affaire.

— Comme je vous l'ai déjà dit, Monsieur le procureur, je ne vois pas en quoi ces maisons miniatures pourraient avoir un quelconque intérêt.

Sans se préoccuper de ce que l'inspecteur pouvait lui dire, le procureur observa de près les maisons miniatures. Il marqua un temps d'arrêt devant la maison de l'époux infidèle que Stuart avait à peine pris le temps de redresser avant de partir.

— Que s'est-il passé ? s'inquiéta-t-il.

— Celui qui a forcé notre porte était occupé à saccager cette maison, quand l'une de mes cousines l'a interrompu.

— J'ose espérer que cette dame n'a pas eu à souffrir du comportement de ce vaurien, s'indigna le procureur.

— Non, bien heureusement, ma cousine Elsie Worthington, que vous connaissez, lui avait fait mettre un lingot de plomb dans son sac à main. Victoria s'en est servie comme d'une masse pour désarmer son agresseur.

Les deux hommes prirent un moment pour assimiler l'information.

— Quel genre d'arme ? demanda l'inspecteur.

— Un couteau.

Le procureur se redressa, se tenant aussi droit qu'un i, puis reporta son attention sur les maisons exposées. Au bout d'un moment, il soupira.

— Monsieur Spencer, je suis au regret de vous annoncer que ces immondes miniatures vont être transportées dans le bureau de l'inspecteur Montgomery à Scotland Yard. J'ai bien peur que vous n'ayez trouvé la piste d'une série de crimes dont nous ignorons tout.

L'inspecteur Needham ne put cacher son mécontentement.

— Monsieur le procureur, je m'insurge contre cette décision. Je suis en charge du dossier relatif à l'assassinat de Jacques Laclau et je ne souhaite pas que des éléments probables de mon enquête soient transférés à un autre inspecteur.

Le procureur Muir rajusta son lorgnon.

— Vous avez donc changé d'avis, Monsieur l'inspecteur. Je vous rappelle qu'il y a quelques minutes de cela, vous souteniez que ces miniatures n'avaient aucun intérêt. Pour ma part, je ne suis pas de cette opinion. Je pense que Monsieur Spencer, Miss Worthington et l'inspecteur Montgomery ont discerné dans ces maquettes un élément criminel, que nous ne pouvons pas ignorer. Puisque vous ne partagez pas ce point de vue, je préfère confier l'affaire à un inspecteur qui en est convaincu. Toutefois, je compte sur vous deux pour collaborer. Si l'un découvre un élément utile à l'enquête de l'autre, vous échangerez vos informations sans que j'aie besoin de me répéter.

L'inspecteur encaissa l'ordre. La réputation

d'inflexibilité du procureur Muir le précédait. Il allait donc devoir collaborer avec l'inspecteur Montgomery…

Le procureur observa la pièce où ils se trouvaient.

— Où est Miss Worthington ? s'enquit-il.

— C'est bien ce que je me demande…

Stuart observa la nuit tomber par la fenêtre. Il n'aimait pas savoir sa cousine seule dehors. Londres pouvait être dangereuse, même pour une femme telle qu'Elsie.

❧ ◆ ❧

Elsie s'apprêtait à riposter de toutes ses forces, quand elle reconnut le visage buriné en face d'elle.

— Agent Hobbes ? Mais que faites-vous ici ?

Hugh Hobbes éclata d'un rire sonore. Le bobby était immense dans son uniforme. L'Anglais était une force de la nature. Haut, large, rugueux, il aurait pu être inquiétant sans le large sourire qui illuminait son visage. Son casque laissait voir quelques mèches de ses cheveux bruns, parés de blanc.

— On peut dire que vous êtes surprenante, Miss Elsie ! rétorqua-t-il. Figurez-vous que vous êtes dans mon secteur. Par contre, j'aimerais bien savoir ce qu'une lady comme vous fait au milieu de Whitechapel à la nuit tombée…

— Je me suis perdue, reconnut Elsie, un peu embarrassée.

Hugh ronchonna en se massant la mâchoire.

— Sauf votre respect, Miss, ce n'est pas vraiment le meilleur endroit pour se perdre. Suivez-moi, je vous ramène en lieu sûr.

Elsie acquiesça d'un signe de tête. Elle aimait bien le bobby. Cet ancien soldat avait servi aux côtés de Stuart dans l'armée britannique des Indes et il avait pris l'habitude de l'appeler par son prénom, reconnaissant en elle une sœur d'armes. Elsie ne s'en était pas formalisée, acceptant toujours avec reconnaissance les signes de fraternité.

Hugh connaissait son secteur comme le fond de sa poche… Peut-être mieux, d'ailleurs. Ils sortirent de Whitechapel en peu de temps et le policier expliqua à la détective quelle route elle devait prendre pour rejoindre l'agence.

La jeune femme fonça sur sa bicyclette aussi vite qu'elle le pouvait, consciente que son cousin n'allait pas apprécier son escapade en solitaire dans l'un des pires quartiers de Londres.

Mercredi 15 juillet 1891

Elsie n'en revenait pas. Quand elle avait rejoint Stuart à l'agence, la veille au soir, non seulement les miniatures avaient été déplacées, mais son cousin lui avait appris qu'ils étaient attendus le lendemain matin à Scotland Yard en tant que détectives consultants. *Détectives consultants ! C'est incroyable ! Seuls les meilleurs détectives privés peuvent s'enorgueillir de ce statut ! Et encore, les meilleurs… Disons ceux dont les facultés d'investigations ont été reconnues par les forces de police !* Enchantée par cette nouvelle, Elsie avait passé sous silence sa petite incursion en solitaire dans Whitechapel. Après tout, Stuart ne lui disait pas tout non plus !

Consciente qu'elle devait faire bonne impression, Elsie avait décidé de se vêtir de façon plus convenable et avait enfilé une robe à la belle étoffe bleue. Une détective consultante n'était pas supposée courir les rues à bicyclette et en pantalon. Lorsqu'elle se présenta à l'entrée de Scotland Yard, le factionnaire la laissa entrer sans rechigner, ce qui était une amélioration notable de sa situation d'enquêtrice. À l'accueil, le réceptionniste ne lui opposa pas davantage de difficultés et elle fut bientôt dans le bureau de l'inspecteur Percival Montgomery. Ce point était la seule ombre au tableau quasi parfait de sa journée. Sans savoir pourquoi, elle n'avait pas envie de voir le jeune inspecteur. En vérité, elle savait pourquoi, mais ne voulait pas se l'avouer. Quand il l'accueillit, elle se montra polie, mais pas le moins du monde amicale. En revanche, elle s'intéressa aux morceaux calcinés des deux maisons réduites en cendres et que Percival avait fait apporter avec les autres miniatures.

— Avez-vous pu en tirer quelque chose ? demanda-t-elle.

— Non, malheureusement, il ne reste rien d'exploitable. En revanche, je suis curieux de savoir ce que vous avez pu trouver au sujet des autres maisons.

— Je préférerais que nous attendions l'arrivée de Stuart avant d'aborder cette question.

Percival acquiesça. Il observa la détective avec une mine sombre.

— Vous ai-je offensée d'une quelconque manière, Miss Worthington ?

Elsie eut une moue comique, mais Percival n'avait pas envie de rire. Il sentait que la jeune femme était distante et il n'aimait pas cette nouveauté.

— Non, bien sûr que non, éluda Elsie avec un petit air pincé.

Le policier s'apprêtait à répliquer lorsqu'il fut interrompu par l'arrivée de Stuart. Le détective avait les traits tirés. Sa longue marche de la veille avait embrasé sa vieille blessure et il n'avait pas dormi de la nuit. Voyant la boiterie douloureuse de Stuart, Percival avança aussitôt une chaise pour qu'il pût reposer sa jambe.

— Je suis confus de vous avoir fait venir jusqu'ici, s'excusa-t-il, mais, compte tenu des deux tentatives de destruction de ces miniatures, nous devions mettre ces éléments de l'enquête à l'abri.

Stuart leva une main pacificatrice.

— Ne vous inquiétez pas, Monsieur l'inspecteur. Ma jambe et moi-même entretenons une relation difficile depuis quelques années déjà. Qu'avez-vous découvert ?

— Nous vous attendions… répondit Percival.

Stuart sourit. Il avait lui aussi remarquer la mine boudeuse de sa cousine.

— Eh bien, commençons en ce cas. Nous avons donc huit maisons décrivant chacune un crime commis dans une pièce peinte en noir. D'après les informations que j'ai recueillies, Jacques Laclau était un homme détestable, détesté et doté d'une attirance morbide pour le crime. Le personnage n'a rien de plaisant et ne manquera à personne. Pour votre part, Elsie, avez-vous avancé dans vos investigations ?

Elsie acquiesça. Elle se redressa, prête à affronter la tempête, qui ne manquerait pas de se déchaîner à son récit.

— J'ai retrouvé hier la bonne que Jacques Laclau avait renvoyée sans un sou. D'après elle, son maître l'a accusée à tort de vol pour pouvoir se débarrasser d'elle et de ses observations. Je suis assez disposée à la croire. Elle semble honnête, travailleuse et sa déchéance sociale lui a causé une grande détresse morale.

— Quelle déchéance sociale ? questionna Percival.

— À cause des allégations de son ancien maître, elle n'a jamais pu retrouver un emploi de domestique et se retrouve dans la misère, à travailler à la tâche en plein cœur de Whitechapel.

Stuart soupira.

— Ma chère Elsie, deux points : tout d'abord, cette jeune femme avait une bonne raison d'éliminer Jacques Laclau. Aussi et quelle que soit l'amitié qu'elle puisse vous inspirer, j'espère que vous n'avez pas outrepassé le cadre habituel d'une enquête…

Elsie se demanda si payer les sommes dues à Fiona pouvait entrer dans la catégorie des « comportements outrepassant le cadre habituel d'une enquête »... Elle passa sous silence ce détail et se concentra sur le deuxième point que son cousin était sur le point d'évoquer.

— Ensuite, continua Stuart en fronçant les sourcils, j'apprends avec déplaisir que vous vous êtes rendue seule dans Whitechapel.

— Miss Worthington ! s'indigna Percival.

Elsie pinça les lèvres. Elle n'allait pas se laisser impressionner par ces deux casse-pieds ! Elle était détective consultante, tout de même !

— Tout d'abord, je vais où les éléments de l'enquête me mènent. Ensuite, aucun de vous deux n'a son mot à dire sur la façon dont je gère mes journées ! Continuons, Messieurs !

Percival fut un peu troublé par cette réplique, ce qui ne fut pas le cas de Stuart, plus habitué au caractère de sa cousine.

— L'élément intéressant pour notre enquête, reprit Elsie, est que Fiona, qui avait été obligée de nettoyer les miniatures, a remarqué que ces maisons devaient avoir des auteurs différents.

Elsie ouvrit son carnet sur lequel elle notait tous les détails de ses enquêtes.

— Fiona a dû dépoussiérer au pinceau l'ensemble des sept miniatures dont disposait alors son maître. Je vous précise qu'elle a été renvoyée il y a un peu plus d'un an.

— Donc une huitième maison est apparue entre-temps... murmura Stuart, plongé dans ses réflexions.

— À l'époque, il n'y avait pas la maison de Jacques Laclau, elle est formelle sur ce point. De plus, d'après elle, les maisons ont été créées par différentes personnes, à différentes époques. Enfin, elle m'a assuré que les victimes du médecin assassin étaient des personnes âgées. En effet, les poupées représentant les victimes avaient été marquées à l'encre sur le front afin d'évoquer les rides. Jacques Laclau avait même qualifié les victimes de « vieillards séniles ».

Stuart et Percival prirent le temps de réfléchir à ces éléments. Elsie s'approcha des maisons.

— Si nous ajoutons à ces éléments le fait que quelqu'un a voulu faire disparaître en priorité la maison de Jacques Laclau et celle du médecin assassin, avant de s'attaquer à la maison de l'époux infidèle, outre la probable identification de la maison à la robe bleue par Victoria, je pense que nous allons pouvoir avancer sur cette affaire.

— Je vous l'accorde, répondit Percival. Mais que cherchons-nous au juste ?

Stuart se leva et s'approcha des miniatures.

— Des indices sur des crimes commis par différentes personnes, en différents lieux, à différentes époques et qui ont pour points communs de ne pas avoir été punis par la Justice et d'avoir été découverts par Jacques Laclau.

L'inspecteur Montgomery sentit un poids s'écraser sur ses épaules. Comment ce détective pouvait-il énumérer de telles hypothèses sans broncher ? Pour sa part, il considérait la tâche qui leur incombait comme quasi irréalisable.

— Procédons par ordre, trancha Elsie. Des trois maisons qu'on a voulu détruire, il ne nous reste que celle de l'époux infidèle. Commençons par elle.

Les trois enquêteurs étudièrent dans le détail l'étrange miniature. Grâce à ses dessins, Elsie replaça avec exactitude les meubles et les personnages à leurs places. Puis, ils détaillèrent chacune des pièces, mais rien ne permettait d'identifier, à leur connaissance, ni le lieu du crime, ni les protagonistes. En revanche, le contraste entre la vie paisible de la maîtresse de maison, se reposant dans le lit de sa chambre cossue, alors qu'un homme aisé était en train d'étrangler une femme à la tenue un peu vulgaire un étage plus bas, était saisissant.

— Je vous rejoins dans votre analyse, conclut Percival. Je pense qu'effectivement nous avons affaire à un homme marié, qui a étranglé sa maîtresse dans le domicile conjugal, en présence de son épouse. La seule chose que nous pouvons affirmer est que la maîtresse ne semblait pas appartenir à la bonne société à la différence des deux époux…

— C'est bien pour cela que ce crime est resté inconnu des services de police, remarqua Elsie. Si une femme du monde avait été assassinée, sa famille aurait demandé des comptes.

Stuart acquiesça. Il retourna s'asseoir et observa la maison de loin.

— En l'état actuel de notre enquête, nous ne trouverons pas l'identité du meurtrier. Il faut que nous changions de perspective. Pour le moment, le mécanisme général de l'affaire m'échappe…

Stuart prit le temps d'observer l'ensemble des miniatures et fixa son attention sur celle dont ils pensaient connaître le sujet.

— Que pensez-vous de la maison à la robe bleue ?

Elsie et Percival rejoignirent la maison en question. Ils la scrutèrent sous tous les angles. Après un moment, Percival remarqua :

— En toute honnêteté, sans Madame Worthington, je n'aurais pas relié cette maison à l'affaire Davies…

Stuart hocha la tête, pensif. *Victoria...* Sa cousine réapparaissait dans cette affaire comme une rengaine entêtante.

— Qu'est-ce que… s'étonna Elsie.

Percival s'approcha de ce que montrait la jeune femme. Dans cette maison vide, où seule la chambre à coucher de la maîtresse de maison avait été détaillée, elle désignait l'une des caves, tout en bas de la maquette. Était-ce à cause des déplacements imposés à la miniature ces derniers jours ou ce détail avait-il toujours été présent, mais une minuscule planche avait bougé et révélait la présence de sable sous la cave. Percival s'empara du petit bout de bois avec des pinces et le déposa sur un plateau à côté de lui.

— Je pense que vous pouvez enlever les autres, proposa Elsie.

L'inspecteur s'astreignit à ôter une à une les planches recouvrant le sol de la cave. Il y avait une cavité remplie de sable dessous.

— Je n'aime pas cela, grogna Stuart.

Percival fronça les sourcils et s'empara d'un pinceau.

— Nous allons bien voir.

Il frotta le sable compacté, qui redevint peu à peu malléable. Percival continua la manœuvre, repoussant toujours davantage le sable dans un coin de la cave, et dévoila un squelette lilliputien.

Chapitre V

Elsie roula des yeux comme des billes, pendant que Stuart serrait la mâchoire et que Percival observait le squelette en tentant de l'identifier.

— Qu'est-ce qui pourrait être aussi petit ? s'interrogea-t-il à haute voix.

— Une souris ? proposa Elsie.

— En vérité, intervint Stuart, peu importe la pauvre créature qui a servi de substitut, je crois que nous venons de découvrir l'endroit où Madame Davies a été enterrée.

Percival et Elsie eurent une moue écœurée au même moment. Leurs regards balayèrent soudain les cinq maisons restantes et encore exploitables.

— Dommage que nous n'ayons pas pu sauver les deux autres, songea Percival. Malheureusement, je crois que ces crimes-là resteront impunis…

— Nous verrons, répondit Stuart. Pour le moment, concentrons-nous sur ce que nous avons. Je suis assez d'accord avec votre témoin, Elsie. Je pense que ces maisons datent toutes d'époques différentes. En vérité, ce n'est guère surprenant. Si nous partons de l'hypothèse que chacune des maisons représente un crime réel, dont l'auteur a été assez habile pour ne pas être inquiété par les forces de police, nous devons prendre en considération le fait que ces forfaits étaient très bien préparés.

Stuart s'approcha des maisons et s'intéressa non plus aux scènes qui y étaient décrites, mais aux matériaux eux-mêmes.

— Étudions ces miniatures sous un autre angle et

essayons d'identifier à quelle période ou, mieux, en quelle année elles ont été créées ? Il y a peut-être des détails dans les constructions mêmes qui vont nous aiguiller.

Percival acquiesça.

— Avant cela, je vais prévenir le procureur Muir. Il a été très strict sur ce point. Il veut être tenu informé au fur et à mesure de nos découvertes. Je pense que le petit squelette doit être évoqué avec lui.

— Je vous en prie, répondit Stuart.

La réponse avait été mécanique. Stuart n'était plus vraiment dans le bureau de l'inspecteur Montgomery, mais il plongeait beaucoup plus loin dans le temps, à la recherche d'indices pour identifier les auteurs de crimes prétendument parfaits. *J'ai horreur de cette expression. Le « crime parfait ». Parfait pour qui ? Le tueur. Aucun crime n'est parfait. Les criminels ne sont que des hommes. Ils commettent des erreurs.*

Elsie s'était octroyée la maison au fox-terrier. La scène ne lassait pas de la surprendre. Alors que toutes les autres miniatures représentaient des assassinats, cette vieille maison dont les couleurs avaient passé avec le temps montrait un homme égorgeant un chien. Le jouet, représentant le pauvre animal, lui avait fait penser à un fox-terrier, c'est pourquoi elle avait baptisé ainsi la maison. Elle tournait autour de la miniature à la recherche du moindre indice qui pourrait les orienter vers le véritable crime, commis dans cette étrange maison. Elle ouvrit les portes d'une minuscule armoire, secoua tous les meubles pour s'assurer qu'ils ne contenaient rien, essaya de soulever les tuiles, passa le bout de ses doigts sur le vieux plancher de bois, récoltant au passage quelques échardes, et finit par s'asseoir en face de la miniature pour la contempler d'un œil noir.

— Je n'aime pas cette maison, grommela-t-elle.

Pendant son exploration, Percival était revenu et s'occupait de la maison des époux assassins. La miniature semblait prometteuse à première vue. C'était l'une des plus soignées et, probablement, l'une des plus récentes. Le ou les créateurs avaient pris soin de reproduire en détail toutes les pièces de la maison, ce qui était loin d'être le cas dans les autres maquettes. Percival s'intéressa, tout d'abord, à la façade, partant du principe que s'il s'agissait d'une maison londonienne, il était peut-être passé devant et pourrait la reconnaître. Pourtant, de l'extérieur, la miniature n'avait rien de très caractéristique. C'était une maison classique, bourgeoise, dans un style commun. Puisque l'extérieur ne lui procurait aucune indication valable, il s'intéressa à l'intérieur. Il procéda de la même façon qu'Elsie et, avec minutie et patience, fouilla tous les meubles que la maison comptait. Pourtant, malgré tout le soin qu'il apporta à ses investigations, il ne trouva rien qui pût l'aider à identifier les auteurs, la victime ou le lieu du crime. La seule chose que savait Percival était ce qui apparaissait à première vue : un homme avait été empoisonné par son épouse et l'amant de cette dernière.

Stuart, quant à lui, s'était attaché à l'examen de la maison qui lui paraissait la plus ancienne : la maison de l'ogresse. Cette miniature avait la particularité de ne pas respecter les échelles. La maquette en elle-même était très sommaire. La plupart des pièces étaient vides et seule la salle où se déroulait l'infanticide comptait quelques meubles. D'après ce qu'il voyait, Stuart pouvait déduire que cette épouvantable femme avait étranglé son enfant dans la pièce qui servait de cuisine. *Son enfant ? Est-ce vraiment le sien ? Elle aurait aussi bien pu étrangler l'enfant d'une autre personne... Pourtant, si tel avait été le cas, les parents ou, tout au moins la mère, aurait prévenu les forces de police... Disons qu'il s'agissait plutôt d'un pauvre enfant non désiré...* Le cœur de Stuart se serra. Il avait, lui aussi, été un enfant illégitime jusqu'à ce qu'il fût adopté par le nouvel époux de sa mère Violette. Bien heureusement pour lui, sa mère avait toujours été aimante et fière de son petit garçon. Toutefois, Stuart savait que nombre de nourrissons disparaissaient pour avoir eu l'audace de naître hors mariage. Bien peu de ces crimes étaient élucidés, car bien peu de ces crimes étaient connus. *Combien d'enfants meurent en silence entre les griffes des ogres et des ogresses qui peuplent notre pays ?* Stuart se concentra. Il devait trouver un indice pour l'orienter vers la tueuse. Si, faute de preuves ou de plaintes, les infanticides étaient peu punis, cette ogresse avait commis l'erreur de laisser derrière elle une preuve, un indice. La miniature était le témoignage de son crime et Stuart était bien décidé à élucider ce mystère. *L'ogresse est représentée à une échelle beaucoup plus importante que le reste de la maquette. Alors qu'elle est assise sur le sol, elle envahit littéralement les deux-tiers de la pièce en noir. Le créateur de la miniature a-t-il voulu signifier par cette erreur d'échelle que l'ogresse se considérait comme toute-puissante ou voulait-il orienter l'observateur vers le statut social de cette femme ?* Stuart s'intéressa aux vêtements de l'ogresse. C'était une femme aisée, sans être fortunée. Il reporta son attention vers le bébé. Bien qu'ancien, le poupon portait encore les traces d'une encre rouge. *Du sang… Il vient de naître… C'est son enfant qu'elle étouffe*. Stuart observa la pièce à la loupe. Il devait trouver quelque chose. Justice devait être rendue à cet innocent. Sa loupe passa sur un détail que son cerveau mit du temps à analyser. Il revint en arrière. *Là !* Un coin du papier recouvrant la chambre noire se soulevait légèrement. Stuart s'empara de la tapisserie miniature et s'efforça de la décoller avec lenteur. La tâche ne fut pas difficile. Selon toute vraisemblance, la maison n'avait pas toujours été stockée dans un endroit sec. À un moment ou à un autre, la tapisserie avait pris l'humidité et s'était décollée de son support. Stuart scruta le mur qu'il venait de découvrir et sourit. La « Une » du *Standard* annonçait en lettres capitales : « L'exposition universelle ouvre ses portes ! ». Stuart s'approcha et déchiffra à travers l'encre pour partie effacée : « 1er mai 1862 ».

☙ ◆ ❧

Le procureur Muir avait décidé de rejoindre les enquêteurs en fin de matinée. Bien que la découverte de la date de 1862 permît de confirmer l'hypothèse selon laquelle les huit maisons avaient été faites au fil du temps, l'identification des crimes représentés dans les différentes miniatures n'avait guère avancé. Percival et Elsie avaient même ressenti un certain découragement lorsqu'ils s'étaient rendus compte que la maison de l'ogresse relatait un infanticide de 1862. Comment allaient-ils pouvoir retrouver cette femme plus de vingt-neuf ans après ?

— C'est certain que nous ne débusquerons pas cette meurtrière *ex nihilo*, trancha le procureur. En revanche, nous avons les deux voies classiques à suivre.

Elsie fronça les sourcils, pendant que Percival observait avec grande attention ses chaussures.

— La victime et la mémoire policière, précisa Stuart.

— Exactement ! confirma le procureur. Je puis vous assurer que, même vingt-neuf après, si un policier a enquêté sur un infanticide de cette sorte, il s'en souviendra !

La mémoire policière... Elsie se demandait ce que le procureur et son cousin avaient en tête.

Le long défilé commença en début d'après-midi. À la demande du procureur Muir, tous les policiers, tous les inspecteurs, tous les bobbies, tous ceux qui avaient travaillé de près ou de loin pour la police métropolitaine de Londres, qu'ils fussent actifs ou retraités, devaient se rendre dans le bureau de l'inspecteur Montgomery pour observer les miniatures et signaler si l'une ou l'autre de ces maquettes leur rappelait une affaire.

Elsie arrêta de compter lorsque la centaine de témoins fut dépassée. *La mémoire policière... C'était donc cela. Les souvenirs des enquêteurs.* Le cortège dura toute la journée mais, malgré le sérieux avec lequel les policiers étudiaient les miniatures, aucun ne put affirmer avec certitude, que telle maison représentait telle affaire. L'une ou l'autre évoquait bien sûr des souvenirs, mais les crimes représentés étaient somme toute banals. Là résidait la principale difficulté. Il s'agissait de crimes domestiques, perpétrés au sein de foyers, en toute discrétion et, au pire, sans laisser de traces. En dehors des protagonistes, les maisons étaient pour la plupart vides. Pas de domestiques, pas de témoins. Cet élément lui-même ne pouvait pas être probant. Le fait que les domestiques ne fussent pas représentés ne signifiait pas qu'il n'y en avait pas. Le ou les tueurs avaient très bien pu agir un jour de congé ou un jour de sortie.

Le soir tombait quand le procureur revint aux nouvelles. Le défilé continuerait le lendemain et les jours suivants s'il le fallait mais, dans l'intervalle, les enquêteurs ne pouvaient pas se contenter d'attendre que le destin les mît sur la bonne voie. Puisque la seule maison à avoir été identifiée était celle à la robe bleue, ils concentreraient leurs efforts sur elle. Le procureur Muir avait fait ressortir le dossier d'instruction des limbes judiciaires dans lesquelles il était tombé et avait décidé de le rouvrir, au vu des éléments récents. Bartholomew Davies s'était joué de la Justice quelques années auparavant, mais la partie n'était pas terminée.

Jeudi 16 juillet 1891

Elsie était contrariée. Victoria lui avait appris que Fiona s'était bien présentée la veille à leur hôtel particulier, mais la jeune femme avait refusé l'enveloppe qu'elle lui avait préparée. Fiona était juste venue pour remercier la détective et lui assurer que si elle avait besoin d'aide, elle pourrait compter sur elle.

Elsie ne comprenait pas. S'était-elle montrée maladroite dans son offre ? Avait-elle fait preuve d'indélicatesse sans s'en rendre compte ? Pourtant, ses intentions étaient pures ! Elle ne désirait que rendre justice à Fiona ! Elle soupira.

— Un penny pour vos pensées, dit Stuart.

Elsie observa son cousin et convint avec elle-même qu'elle devait garder secrets ses arrangements avec Fiona…

— Rien de grave, cousin. Je me disais que la nature humaine est parfois bien difficile à comprendre.

Stuart jeta un coup d'œil à sa cousine et se demanda si elle faisait référence à l'inspecteur Montgomery. Il avait remarqué une certaine tension entre eux, alors que jusqu'alors ils s'entendaient fort bien. Stuart avait même soupçonné sa cousine d'être jalouse. Toutefois, à sa connaissance, Percival Montgomery était toujours célibataire. En conséquence, il devait faire fausse route. Stuart se promit toutefois de garder un œil sur sa cousine et l'inspecteur. Cette promesse ne serait pas très difficile à honorer, puisqu'ils avaient rendez-vous avec ledit inspecteur. Ils devaient le rejoindre devant le logement de la mère de Roberta Davies, la potentielle victime de la maison à la robe bleue.

Louisa Saintsbury fit bon accueil aux trois enquêteurs. Elle était heureuse que quelques personnes s'intéressassent encore au sort de sa fille après cinq années sans nouvelles. Elle avait eu l'espoir, au début de l'affaire, d'obtenir justice pour Roberta. Puis, le temps passant, les dénégations virulentes de son gendre se répandirent dans la bonne société, comme une peste nauséabonde. Elle fut bientôt considérée comme une vieille folle, qui ne voulait pas admettre que sa fille était partie sans la prévenir. Enfin, l'affaire avait été oubliée et la bonne société avait retrouvé son calme apparent.

— Ils ont enterré ma fille une seconde fois.

Percival savait que son rôle était ingrat, mais il devait s'assurer que Louisa n'avait pas changé de version.

— Pouvez-vous nous éclairer sur la disparition de votre fille, Madame ?

— J'ai déjà tout dit à vos prédécesseurs ! s'indigna-t-elle.

— Oui, mais nous découvrons le dossier, pour notre part, et votre témoignage pourrait nous permettre de mieux comprendre votre fille, votre gendre et le fonctionnement de leur couple.

La digne dame s'appuya davantage contre le dossier de sa chaise, un fardeau invisible venait de fondre sur elle.

— Ma fille était une charmante jeune femme, commença-t-elle malgré tout. Elle n'avait qu'un défaut : son mari. Je sais que la parole d'une mère n'a pas grand poids, mais je puis vous assurer que Roberta était une femme aimable, courtoise, assez intelligente sans être très cultivée. Elle aimait les fleurs, la peinture et, paix à son âme, elle adorait les potins mondains. C'était sa grande passion. Victoria pourra vous le confirmer.

Elsie acquiesça. Victoria avait longtemps été une source fiable concernant les derniers commérages sur la bonne société. Toutefois, la détective reconnaissait sans difficulté que sa belle-sœur s'était assagie.

— Veuillez excuser la violence de ma question, Madame, intervint Stuart, mais votre gendre a fondé sa défense sur le caractère frivole de votre fille. Frivolité qui l'aurait poussée à s'enfuir avec quelque galant.

La pauvre femme eut un haut-le-cœur d'indignation.

— C'est une honte ! Bartholomew Davies n'a reculé devant aucune indignité pour échapper à la potence ! Ma fille était une femme honnête et fidèle ! Jamais, et je dis bien jamais, elle ne se serait enfuie en compagnie de je ne sais qui ! Quand il a avancé cette hypothèse pour la première fois, j'ai pensé que cette calomnie était si scandaleuse, si éloignée de la vérité, qu'elle ne ferait pas long feu. Malheureusement, le temps m'a appris qu'en l'absence de la victime pour se défendre, les hurlements de son assassin emportent les convictions ! « Je suis innocent ! Je suis innocent ! » hurlait-il sans discontinuer. Quel… monstre !

Louisa se redressa. Elle était pâle, furieuse, indignée. Stuart l'observait avec acuité. *Cette femme dit la vérité… du moins sa vérité…*

— Il ne suffit pas de jurer ses grands dieux que l'on est innocent pour être reconnu comme tel ! intervint Elsie.

Louisa reporta son attention sur cette jeune femme qu'elle avait vu entrer en même temps que les deux enquêteurs. Victoria l'avait prévenue que sa belle-sœur était détective privée, mais elle ne parvenait pas à se convaincre qu'une telle curiosité pût exister.

— À votre âge, j'aurais dit la même chose, Miss Worthington. Toutefois, aujourd'hui, je puis vous affirmer que si vous hurlez assez fort et que vous êtes soutenu par la bonne société, l'un ou l'autre usera de son influence pour vous faire libérer. Ensuite, vous devrez simplement vous en tenir à votre ligne de défense et vous serez blanchi. C'est ce qu'a fait Bartholomew Davies.

— Comment pouvez-vous en être certaine, Madame ? insista Elsie.

— Je le sais, soupira Louisa. Bartholomew Davies a tué ma fille, il a caché son corps et jouit de sa fortune, depuis lors, sans avoir à rendre de compte à quiconque.

Sa gorge se serra. Les enquêteurs lui laissèrent un peu de temps afin qu'elle bût une gorgée de thé avant de reprendre :

— J'ai conscience que, pour ma part, je ne peux pas juste affirmer mes convictions, je dois les démontrer. J'ai tenté de défendre l'honneur de ma fille dans la bonne société, j'ai essayé de convaincre ceux qui protégeaient son époux de donner une chance équitable à la révélation de la vérité, mais il n'y a rien eu à faire. La seule personne qui ait tenté de défendre Roberta était Victoria Worthington. Elle a été fidèle au souvenir de ma fille et je lui en serai reconnaissante jusqu'à ma mort.

Louisa soupira, les yeux emplis de larmes.

— Que puis-je vous dire pour vous convaincre ?

— Parlez-nous du couple que formaient votre fille et son époux, dit Percival.

— Roberta a fait une saison à Londres. Elle a rencontré plusieurs jeunes gens, bien sous tous rapports, mais elle a été séduite par ce Bartholomew Davies. Il ne me plaisait pas, je vous le dis en toute honnêteté. Il était superficiel, peu intelligent et âpre au gain. Il a exigé que nous donnions à Roberta une somme bien supérieure à ce que nous avions envisagé pour son mariage. J'ai essayé de prévenir ma fille, mais elle m'a répondu que Bartholomew avait été très clair avec elle : il l'épousait pour s'enrichir et pouvoir vivre une vie d'opulence avec elle. Je ne suis pas certaine que Roberta ait compris à l'époque ce qu'il voulait dire. Elle a crû qu'il voulait faire fructifier son patrimoine. Pour ma part, je ne me faisais aucune illusion. La loi étant ce qu'elle était à l'époque, toute somme apportée en mariage par son épouse appartenait dès le jour des noces en propre à l'époux. Cette iniquité était telle que même si les époux divorçaient, les sommes restaient acquises au mari.

Elsie réfléchit. Si l'argent de Roberta appartenait de plein droit à Bartholomew Davies, il lui suffisait de divorcer. Pourquoi la tuer dans ce cas ?

— Il me semble que la situation a évolué ces dernières années, s'enquit Stuart.

— Oui, en 1884, précisa Percival. Le *Married Women's Property Act* a fait de la femme mariée une personne juridique distincte de son époux. De ce fait, elle conserve ses biens même après le divorce.

— Donc s'il voulait conserver son argent, elle devait disparaître, conclut Elsie.

Louisa observait Percival avec curiosité. Le jeune

inspecteur était très différent du vieux grison qui avait mené l'enquête cinq ans auparavant.

— Vous avez des connaissances poussées en droit, Monsieur l'inspecteur, remarqua-t-elle.

Percival rougit.

— J'ai fait mon droit, Madame.

— Et vous avez choisi d'être policier… apprécia-t-elle. Vous me redonnez espoir, Monsieur l'inspecteur. Si un homme de votre niveau intellectuel affronte Bartholomew Davies, alors peut-être que, cette fois-ci, il ne s'en sortira pas.

Notre inspecteur a donc fait son droit, songea Stuart. *Je comprends mieux l'ordre et la logique qu'il utilise dans ses enquêtes… Un homme étonnant ce Pervical Montgomery.*

Elsie observait Percival en silence, puis se détourna de lui et poursuivit la conversation avec Louisa Saintsbury.

ꕥ • ꕥ

Dans la voiture qui les conduisait chez Bartholomew Davies, les trois enquêteurs avaient matière à penser. L'argent était un mobile classique pour le meurtre. Le changement de la législation avait peut-être scellé le sort de Roberta Davies. Elle avait disparu moins d'un an après la promulgation du *Married Women's Property Act*. Toutefois, un détail contrariait Elsie.

— D'après Édouard, Bartholomew Davies avait dépensé toute la fortune de son épouse. En ce cas, pourquoi la tuer ?

Stuart acquiesça. Il était vrai qu'Édouard avait fait cette remarque.

— L'hôtel particulier, répondit Percival. Bartholomew Davies avait peut-être dépensé toutes les liquidités, mais il restait les propriétés foncières…

— En ce cas, oui, il avait un mobile, reconnut Elsie. Puis-je vous poser une question, Monsieur l'inspecteur ?

— Bien sûr, Miss Worthington, répondit Percival un peu

surpris.

— Si vous êtes diplômé en droit, pourquoi avoir choisi la police ?

Percival ne put s'empêcher de sourire. La question lui avait été souvent posée.

— Tout d'abord, parce que je ne me voyais pas enfermé dans un bureau toute la journée, ce qui excluait les professions judiciaires. Ensuite, je voulais contribuer à rendre le monde plus sûr, d'où mon choix.

— Merci, répondit Elsie, plongée dans ses réflexions.

— Je vous en prie, Miss Worthington, reprit Percival avec chaleur. À mon tour, puis-je vous poser une question ?

Stuart observa les deux jeunes gens et se demanda s'il n'allait pas descendre de voiture… Il se sentait de trop.

— Oui, répondit Elsie curieuse.

— Pourquoi avoir choisi d'être détective ?

Elsie soupira en haussant les épaules. Comme si elle avait eu le choix ! C'était bien des hommes de poser de telles questions !

— Comme vous le savez, les femmes de la bonne société ont peu de perspectives. Je devais choisir entre femme au foyer et inventer mon propre destin. J'ai pris la deuxième option. La police était fermée aux femmes, mais rien n'était précisé pour les détectives privés. Comme nous avions résolu un cas difficile en compagnie de mon cousin et que l'enquête me plaisait, je lui ai demandé de s'associer à moi et d'ouvrir notre propre agence.

Percival parut étonné. Il n'avait jamais imaginé que l'initiative de la création de l'agence était venue d'Elsie, mais cette information lui plut.

— Qu'en est-il de vous, Monsieur Spencer ? questionna-t-il.

Stuart sourit avec amabilité. En fait, il n'était pas de trop.

— Pour ma part, j'ai une connivence intellectuelle avec Elsie et j'apprécie aussi de contribuer à rendre le monde plus sûr, précisa Stuart. Par conséquent, j'ai accepté l'offre de ma cousine en quelques secondes… Le cours des destinées est parfois étrange mais, pour ma part, je ne changerais rien à la mienne.

— Même votre jambe ? s'étonna Elsie.

Stuart sourit avec bienveillance.

— Même ma jambe. Elle a aussi fait de moi l'homme que je suis aujourd'hui.

La réponse étonna un peu Elsie et Percival, mais ils comprenaient, malgré tout, ce que Stuart voulait dire.

Les trois détectives se sourirent. Les confidences étaient rares dans ce milieu et signe d'une confiance certaine. La voiture ralentit. L'ambiance changea en l'espace d'un claquement de doigt. Ils se concentrèrent tous les trois. Bartholomew Davies était, à n'en pas douter, un adversaire coriace.

— Je suis innocent ! répéta-t-il pour la centième fois.

Elsie comprenait ce dont avait parlé la mère de l'épouse disparue. À force de rabâcher la même chose encore, et encore, et encore, Bartholomew Davies était parvenu à convaincre une partie de ses connaissances de son innocence. *Ou, de façon plus pratique, les gens ont été tellement lassés de l'entendre qu'ils ont préféré le croire…*

— Combien de fois devrais-je le répéter ? Je suis…

— Innocent, le coupa Elsie. Je crois que vous l'avez déjà dit une ou deux fois. Habituellement, nous comprenons la première fois.

Stuart ne put cacher son sourire et préféra prendre la parole pour donner le change.

— Toutefois, Monsieur, il ne suffit pas de répéter à l'envi une chose pour qu'elle devienne vraie. Votre épouse a disparu il y a de cela plus de cinq ans. Depuis lors, personne ne l'a revue et votre explication, selon laquelle elle aurait fui avec un quelconque amant, que personne ne connaît, paraît de moins en moins plausible.

Bartholomew Davies accusa le coup. Percival avait

décidé de rester en retrait pendant que le duo de détectives s'acharnait sur l'homme. Ainsi était-il plus à son aise pour observer ce potentiel criminel. Selon lui, les dénégations outrées du mari prétendument abandonné sonnaient creux. Il rejoignait Louisa Saintsbury dans son analyse et convenait avec elle qu'il n'avait que peu d'arguments pour soutenir son explication.

— Comment osez-vous venir chez moi pour mettre en doute ma parole ?

— Je vous l'ai déjà dit, Monsieur, intervint Percival, l'enquête sur la disparition de votre épouse a été rouverte. Elle avait été suspendue, mais la découverte de nouveaux éléments a poussé Monsieur le procureur Muir à ressortir ce dossier pour relancer des investigations.

— Quels nouveaux éléments ? aboya Bartholomew Davies.

L'inspecteur opposa un large sourire à l'agressivité croissante du suspect.

— Ainsi que je vous l'ai déjà expliqué, ces éléments sont soumis au secret de l'instruction et vous ne pourrez y avoir accès que par l'intermédiaire de votre avocat.

Percival aimait à marteler cette phrase afin de déstabiliser l'adversaire. Ne sachant pas contre quoi il devait argumenter, ou ne le sachant que trop bien, Bartholomew Davies avait perdu de sa superbe.

— Si tel est le cas, je refuse de répondre davantage à vos questions.

Le ton était tranchant, agressif, avec cette pointe de domination que les classes supérieures savaient utiliser à bon escient.

— C'est votre droit, Monsieur, reconnut le policier. Je dirai donc à Monsieur le procureur que vous refusez de répondre et qu'il devra vous convoquer pour obtenir de plus amples renseignements.

Percival se leva, considérant que l'entretien était clos, aussitôt suivi par Stuart et Elsie.

— Mais je suis innocent, se plaignit Bartholomew Davies d'un ton geignard.

— En ce cas, vous autoriserez les forces de police à fouiller votre domicile, acheva l'inspecteur.

— Certainement pas ! cria-t-il.

Elsie apprécia le changement de ton à sa juste valeur. Bartholomew Davies était capable de passer du geignement le plus pitoyable à l'aboiement le plus sec en une fraction de seconde. Constatant qu'il en resterait à cette sentence, les trois détectives sortirent.

☙ ◆ ❧

Percival observait l'hôtel particulier des Davies de loin. Il avait téléphoné au procureur Muir, qui avait ordonné de surveiller jour et nuit l'édifice. Si le corps de Roberta Davies était caché depuis cinq années au cœur même de sa demeure, le procureur n'avait pas l'intention de permettre à son assassin de se débarrasser des restes de son épouse, à cause d'un manque de vigilance de la Justice. Bartholomew Davies avait échappé à la potence une fois, ce ne serait peut-être pas le cas la seconde.

Percival se détendit, la relève arrivait… Deux bobbies s'installèrent à ses côtés à la terrasse d'un salon de thé, situé juste en face du lieu potentiel du crime. Il leur communiqua les informations nécessaires à l'accomplissement de leur mission et rentra chez lui. La journée avait été longue, le lendemain promettait de l'être tout autant.

CHAPITRE VI

Vendredi 17 juillet 1891

Les éléments recueillis depuis le début de l'enquête étaient loin d'être satisfaisants. Les trois enquêteurs avaient de nombreuses hypothèses, mais peu de preuves.

— Je n'arrive pas à comprendre l'intérêt de conserver ces miniatures chez soi, remarqua Elsie.

Elle avait été très contrariée par l'absence de résultat de la mémoire policière. La quasi-totalité des policiers de la métropolitaine avait observé les maquettes, mais aucun d'eux n'avait pu relier l'une ou l'autre à une affaire connue de façon indubitable.

— Il est certain que quelque chose nous échappe, confirma Percival.

Ils étaient tous trois de nouveau réunis dans le bureau de l'inspecteur à décortiquer les miniatures. Pourtant, ils ne découvraient rien de plus.

— Patience, persévérance, prudence… murmura Stuart.

Il revenait souvent à cette maxime de son mentor en matière d'investigations. Elsie s'assit aux côtés de son cousin pour avoir une vue d'ensemble des ignobles petites maisons. Ils avaient tenté de les organiser de façon chronologique, de la plus ancienne à la plus récente, mais n'avaient rien tiré de cette nouvelle exposition.

— Que savons-nous avec certitude ? reprit Stuart. Tout d'abord, Jacques Laclau était un homme détesté. Vindicatif, hautain et égoïste, il était honni par ses pairs, qui reconnaissaient pourtant en lui un lépidoptérophile de qualité. Je pense que nous avons ici la première clé de compréhension du caractère ombrageux de notre victime : Jacques Laclau n'était pas lépidoptériste au sens scientifique du terme, il n'était qu'un lépidoptérophile reconnu. Dans son esprit jaloux et dominateur, il n'a jamais accepté que le statut de scientifique, qu'il convoitait, lui soit refusé, faute pour lui d'avoir pu démontrer l'obtention de diplômes universitaires dans cette branche.

À ses côtés, Elsie acquiesça. Percival s'empara d'une chaise qu'il installa près d'eux. Ils aimaient à réfléchir ensemble, chacun faisant progresser le raisonnement de l'autre.

— C'est pourquoi il a créé son cabinet des merveilles, poursuivit Elsie. Fort de sa collection, il pouvait imposer sa domination aux scientifiques qui souhaitaient étudier les spécimens qu'il possédait. La question est : comment pouvait-il financer une telle collection ? J'ai entendu dire que le Musée d'Histoire naturelle de Londres s'était déjà montré très intéressé par l'acquisition du fonds Jacques Laclau.

— Comment le savez-vous ? interrogea Percival.

Cette information lui avait échappé… ce qui était tout de même contrariant !

— Ils cherchent des donateurs et ont, bien évidemment, contacté Édouard. Ils ignorent encore la valeur de la collection, mais savent que les fonds propres dont ils disposent ne suffiront pas.

— La piste de l'argent… réfléchit Stuart. Si la valeur de cette collection est telle, la question de son financement se pose en effet. Quelles étaient les ressources dont disposait Jacques Laclau ?

Percival soupira et s'empara d'un dossier sur son bureau.

— J'ai effectué quelques recherches sur ce point, mais je dois avouer que je suis perplexe. Les comptes de Jacques Laclau sont loin d'être clairs. De multiples sommes vont et viennent de la France vers l'Angleterre et inversement, sans que je puisse déterminer si ces mouvements financiers sont légaux ou pas.

— Demandez à Édouard, proposa Elsie. Mon frère a un don avec l'argent. Il comprend toujours tout.

— Votre frère est un homme très occupé, je ne voudrais pas…

— Édouard vous aidera, croyez-moi.

Elsie avait mis tant de conviction dans cette dernière phrase que Percival accepta de contacter l'homme d'affaires.

— Notre victime n'avait rien d'une innocente créature, remarqua Stuart toujours plongé dans ses réflexions. Si nous ajoutons la question du financement de la collection de papillons à celle que vous posiez tout à l'heure, Elsie, à savoir pourquoi conserver une telle collection de maisons du crime, je me demande…

— Si nous n'avons pas affaire à un maître-chanteur, termina Elsie en frappant ses mains l'une contre l'autre.

Ils prirent le temps de réfléchir à cette hypothèse et en conclurent qu'elle pouvait éclairer d'un jour nouveau leur enquête.

— Si Jacques Laclau était un maître-chanteur, dit Stuart, cela expliquerait aussi son comportement lors de son dernier dîner.

— Dans ce dernier cas, intervint Elsie, il s'est trompé de cible avec Victoria. Qui voulez-vous que ma belle-sœur ait assassiné ?

— Il pensait peut-être détenir quelque chose contre Madame Worthington, songea Percival.

— Il se sera trompé ! trancha Elsie. Victoria est une femme ordinaire, plutôt gentille et bienveillante. Ce n'est pas le genre de personne à étrangler une vieille dame ou à empoisonner son mari !

Stuart ne put s'empêcher de sourire à l'évocation des hypothèses saugrenues avancées par Elsie. Il était vrai que Victoria n'avait pas le profil d'une tueuse. Toutefois, s'ils partaient de l'hypothèse selon laquelle Jacques Laclau avait été un maître-chanteur, ce dernier n'aurait pas menacé sa cousine par alliance sans disposer de quelque chose contre elle.

— Madame Worthington ne sait-elle pas ce que pouvait lui reprocher la victime ? demanda Percival.

— Je peux vous assurer que non ! répondit Elsie avec conviction. J'ai assisté à une scène pénible, où Édouard a rudement interrogé Victoria pour savoir si elle lui cachait quelque chose, et je peux vous assurer que cette femme ne cache rien… Du moins, si quelqu'un lui reproche quoi que ce soit, elle l'ignore.

Les deux hommes gardèrent le silence un instant, conscients qu'Elsie n'avait pas dû apprécier d'être mise ainsi à contribution dans une dispute matrimoniale.

— Quand cette scène a-t-elle eue lieu ? s'enquit Stuart.

— C'était mardi soir, après que Victoria a réussi à désarmer son agresseur. Édouard a considéré qu'après les insinuations de Jacques Laclau, le lien entre Victoria et l'une des maisons et l'attaque dont elle avait été victime, son épouse lui devait des explications. Il m'a demandé d'assister à l'entretien pour que je lui donne mon sentiment sur les réactions de ma belle-sœur. Je puis vous assurer que j'ai détesté chaque instant de cette soirée ! Victoria était si bouleversée que son époux ne lui fasse pas confiance, qu'elle s'est effondrée.

— Pauvre Victoria, murmura Stuart.

Il avait appris à apprécier cette dame un peu stricte, mais loyale et aimable.

— Oui, pauvre Victoria, confirma Elsie. Elle est encore tout chamboulée par cet interrogatoire et Édouard lui bat froid. J'ai eu beau lui affirmer qu'elle ne lui cachait rien et que ce Jacques Laclau avait bien pu faire une erreur ou prêcher le faux pour savoir le vrai, il n'a rien voulu entendre.

Stuart hocha la tête. Connaissant le caractère ombrageux

d'Édouard, la situation ne se dénouerait pas d'elle-même.

— Je passerai voir Victoria ce soir, décida Stuart, elle sait peut-être quelque chose sans en avoir conscience.

Percival acquiesça. Il était assez satisfait que Stuart se chargeât de cet entretien qui promettait d'être inconfortable. *Au moins, l'affaire se réglera-t-elle en famille…*

Elsie se leva et scruta une fois de plus les maisons.

— Nous en revenons donc à Jacques Laclau et à sa collection, réfléchit-elle. Les crimes évoqués dans les miniatures sont intimes. Seul un proche du tueur ou des victimes aurait pu en être informé. Au lieu de partir des maisons pour tenter d'identifier les auteurs des crimes, pourquoi ne pas inverser notre raisonnement et partir de Jacques Laclau pour retrouver parmi ses proches, sa famille, ses connaissances… des personnes qui auraient pu commettre ces crimes. Tout d'abord, savons-nous si Jacques Laclau et Bartholomew Davies se connaissaient ?

— Le nom de Jacques Laclau n'évoquait rien à Louisa Saintsbury, répondit Stuart, ce qui ne signifie pas que les deux hommes ne se connaissaient pas.

Percival admira une nouvelle fois la finesse d'esprit et d'analyse d'Elsie et de Stuart. Ils ne renonçaient jamais. Ils s'adaptaient aux crimes et aux faits afin de toujours progresser vers la vérité. Il se leva pour rejoindre Elsie devant les miniatures.

— Si je suis votre raisonnement, dit-il, sommes-nous capables de trouver une cuisinière dans l'entourage de Jacques Laclau ? Et pouvons-nous la relier à la maison de l'empoisonneuse ?

Percival désigna la miniature en question.

— Exactement, Monsieur l'inspecteur, répondit Elsie. Son médecin a-t-il été soupçonné d'empoisonner ses patients les plus âgés ? s'interrogea-t-elle en montrant les restes de la maison du médecin assassin.

— Connaissait-il un couple dont le mari a disparu ?

demanda Stuart en pointant la maison des amants assassins.

— Ou un homme adultère dont la maîtresse aurait disparu… poursuivit Percival l'index sur le toit de la maison de l'époux infidèle. Miss Worthington, je crois que vous venez de nous donner matière à réflexion ! Répartissons-nous les tâches !

Elsie rougit de plaisir sous le compliment, avant de se souvenir qu'elle était supposée être en colère contre l'inspecteur qui cachait l'existence d'une charmante jeune fille dans son entourage. Elle se renfrogna, non sans que Stuart ne le remarquât. *Qu'est-ce que ce pauvre inspecteur a bien pu faire pour contrarier ainsi ma cousine ?*

Stuart s'était vu assigner la vérification des médecins de l'entourage de Jacques Laclau. Après avoir étudié les agendas et autres papiers trouvés dans le bureau de la victime la plus détestable de sa carrière, le détective avait retrouvé la trace d'une dizaine de membres du corps médical. Il ne se souvenait guère de la maison du médecin assassin, qui avait flambé depuis lors mais, d'après Fiona qui avait eu le sombre privilège de nettoyer cette maquette, elle était pleine de poussière. Par conséquent, elle faisait partie des maisons les plus anciennes et le médecin qu'ils recherchaient était peut-être retraité ou mort… Stuart en avait conclu que le meilleur moyen de savoir si l'un des médecins de sa liste avait été soupçonné, à tort ou à raison, d'aider avec trop de constance ses patients âgés à rejoindre un monde meilleur, était de se rendre au *General Medical Council*. L'ordre des médecins britanniques avait été créé en 1858 par le *Medical Act*, pour recenser tous les médecins exerçant dans le royaume, vérifier leurs diplômes et maintenir une bonne qualité des soins. Grâce aux registres de cette institution, Stuart pourrait identifier le médecin assassin, s'il avait été repéré par l'ordre. Dans le cas contraire, il lui faudrait trouver une autre solution, comme l'interrogatoire de ceux de sa liste qu'il pourrait contacter… Encore fallait-il qu'il fût capable de convaincre les représentants de l'ordre de bien vouloir le laisser accéder aux archives plus ou moins récentes…

☙ ♦ ❧

Elsie avait hérité de la maison de l'empoisonneuse. La femme était cuisinière, entourée de poisons, et observait la mort de l'une de ses victimes, se tordant à même le sol. La maison était l'une des plus anciennes. Restait à savoir si elle avait pu être créée pour Mary Porter, la cuisinière de Jacques Laclau. D'après l'inspecteur Needham qui l'avait interrogée, la femme était fruste, peu aimable, à la limite de la discourtoisie et, pourtant, elle était la plus ancienne domestique de la victime. D'après Fiona, Jacques Laclau aimait à tourmenter ses domestiques, mais ce jeu de domination ne s'étendait pas jusqu'à la cuisinière… *Ou alors, il exerçait sa domination sur elle par le chantage…* Si cette maison représentait un crime passé de Mary Porter, Jacques Laclau avait pu lui réclamer des sommes d'argent contre son silence. *En ce cas, où a-t-elle trouvé cet argent ?* D'après l'inspecteur, Mary Porter était âgée de 53 ans et était au service de Jacques Laclau depuis plus de vingt-deux ans, puisqu'elle avait été engagée à la fin de l'année 1868.

Elsie scrutait la miniature dans ses moindres détails à la recherche d'une preuve qui la relierait à 1868. Partant de ce point, elle pourrait supposer que la maison avait été faite pour contraindre l'empoisonneuse à travailler pour Jacques Laclau… L'hypothèse paraissait un peu extravagante à Elsie, mais il fallait commencer quelque part.

Elle en était à ce point de ses réflexions, lorsque la porte du bureau de l'inspecteur Montgomery s'ouvrit. Elsie s'attendait à voir Percival ou Stuart rentrer, il n'en fut rien. La jeune fille qu'elle avait aperçue trois jours auparavant en train de discuter avec l'inspecteur fit son entrée. Elle était jolie… très jolie… trop jolie pour plaire à la détective. En plus de sa magnifique chevelure châtaine, la jeune beauté était dotée de grands yeux bleus innocents. Elsie inspira à la recherche de calme et de sérénité. La jeune amie de Percival parut surprise de la trouver seule dans le bureau.

— Bonjour Madame, dit-elle d'une voix hésitante.

Madame... Décidément, elle fait tout pour me contrarier !

— Bonjour Miss, puis-je vous aider ? articula Elsie entre ses dents serrées.

La jeune fille jeta un coup d'œil dans le bureau.

— L'inspecteur Montgomery est sorti, répondit la détective sans attendre la question. Voulez-vous lui laisser un message ?

— Non, Madame, je vous remercie, c'est une affaire personnelle.

De mieux en mieux... Elsie avait l'impression d'irradier de colère par tous les pores de sa peau. Elle tenta de sourire… en vain. Sa bouche se crispa en une grimace peu amène.

La jeune fille s'approcha pourtant des maquettes, sous l'œil soupçonneux d'Elsie.

— Vous enquêtez sur les miniatures ? demanda-t-elle.

Elsie sursauta.

— L'inspecteur Montgomery vous a parlé des miniatures ?

— Oui ! répondit-elle avec enthousiasme, avant de se reprendre. C'est terrible…

Elle s'approcha d'Elsie, qui se redressa de toute sa hauteur. Elle faisait une bonne quinzaine de centimètres de plus que la jeune fille.

— Mais si vous êtes là, c'est que vous êtes… Miss Elsie Worthington ! s'écria-t-elle en tapant des mains comme une enfant. Je suis tellement heureuse de vous rencontrer ! Vous êtes mon modèle ! La preuve qu'une femme peut être indépendante et enquêtrice ! Vous êtes si passionnante ! Je lis tous les articles que je peux trouver sur votre carrière…

Elsie arrêta d'écouter. La jeune fille était charmante, enthousiaste, jolie… Bref, parfaite, mais elle n'avait pas le temps pour ce genre de perfection. Son intérêt se portait davantage sur les pires imperfections du genre humain.

— Merci pour vos compliments, Miss, mais je suis en plein cœur d'une enquête et je dois avancer…

Elsie faisait mine de raccompagner la jeune fille vers la sortie, mais cette dernière se déroba.

— Laquelle étudiez-vous en ce moment ? s'enquit la jeune intruse sans se préoccuper le moins du monde du regard glacial de son interlocutrice.

— La maison de l'empoisonneuse, répondit Elsie sans réfléchir.

Elle se serait mise des gifles… *Mais qu'est-ce qui te prend de parler à tort et à travers ?* Le mal était fait. La jeune fille s'approcha de la maquette et observa la salle noire.

— Cette maison est vraiment étrange, remarqua-t-elle.

Elsie reporta son attention sur la miniature. *Je peux toujours écouter ce qu'elle a à dire.*

— Pourquoi ? l'encouragea-t-elle.

— C'est comme si la maison avait été bâclée et que la seule chose qui intéressait son créateur était le meurtre. Regardez, la maison est presque vide, sauf la cuisine où il y a de nombreux récipients et les poupées. Et regardez la différence dans les vêtements ! L'empoisonneuse est habillée avec des tissus fins et abîmés, mais le gentleman qu'elle empoisonne a un vêtement en étoffe épaisse. C'est…

La jeune fille frotta le vêtement du gentleman entre ses doigts.

— C'est un drap de laine… un peu rêche, mais épais… Une belle étoffe.

Elsie observa la jeune fille avec attention. Elle était

observatrice et semblait disposer de connaissances en tissus qu'elle ne possédait pas. *Intéressant...*

— D'après vous, le tissu est ancien ou récent ? demanda Elsie.

La jeune fille se pencha sur la figurine pour mieux voir la trame du tissu. Elle l'examina avec attention, fronçant les sourcils et le nez sous l'effort.

— Ancien, conclua-t-elle. Je dirais que ce tissu a au moins vingt ans... Regardez, il y a un défaut dans la trame. Ce genre de problèmes ne se trouve que sur les pièces bon marché, ce qui n'est pas le cas ici, ou sur des chutes de tissus anciens. Les techniques de tissage ont beaucoup progressé ces dernières années et, aujourd'hui, un tissu de laine de cette qualité n'aurait jamais un tel défaut.

Elsie acquiesça. La jeune fille argumentait bien, observait avec sérieux, s'intéressait aux détails et tirait des conclusions plausibles. *Elle ferait une bonne enquêtrice...*

— Êtes-vous couturière ? s'enquit Elsie.

— Oui, mais je ne suis qu'apprentie. J'aime les tissus, les belles toiles douces et chaudes, c'est très beau.

La détective observa la jeune fille, qui illuminait la pièce de son plus beau sourire. Enthousiaste, gentille, intelligente, Elsie l'aimait bien finalement...

❧ ◆ ❧

De guerre lasse, Percival avait suivi le conseil d'Elsie et avait appelé Édouard Worthington. L'inspecteur n'imaginait pas qu'il pourrait parler à l'homme d'affaires mais, à peine avait-il annoncé son nom qu'Édouard Worthington en personne avait répondu. Il lui avait exposé ses difficultés face aux comptes bancaires de Jacques Laclau, aux mouvements financiers internationaux et aux multiples comptes existants. Édouard avait alors proposé de le recevoir en fin d'après-midi à son bureau pour lui donner son opinion sur les pièces qu'il détenait. Percival avait donc réuni tous les documents et était parti rejoindre l'un des hommes d'affaires les plus brillants du Royaume-Uni pour qu'il l'aidât à démêler les fils d'une comptabilité binationale et obscure.

☙ ◆ ❧

La tempête que Stuart avait dû affronter n'avait rien de commun avec ce qu'il avait imaginé. Bien sûr, il avait pensé en se rendant au *General Medical Council* que les gardiens du temple ne le recevraient pas de bonne grâce, mais pas qu'il serait jeté hors des murs de l'institution *manu militari*. Il avait à peine pu aborder la question d'une éventuelle implication d'un médecin dans une affaire criminelle que le plus dur des corporatismes s'était refermé sur lui.

Une fois dans la rue, avec sa canne et ses documents, Stuart avait pu revoir sa stratégie. Puisque les médecins souhaitaient garder leurs petits secrets et, pire, les petits secrets criminels de leurs brebis galeuses, ils allaient être confrontés à un homme qui n'acceptait pas que la justice de la reine pût connaître la moindre entrave. Stuart avait rejoint le téléphone le plus proche, situé dans un restaurant huppé, il avait fait appeler le procureur Muir et s'était entretenu avec lui. L'homme de loi l'avait écouté avec attention, il lui avait dit de retourner vers l'institution récalcitrante et, une demi-heure plus tard, le détective était invité à entrer. Il ignorait comment le procureur s'y était pris, mais il avait l'autorisation de consulter les archives de l'ordre.

☙ ◆ ❧

Édouard posa son regard aiguisé sur l'inspecteur Montgomery qui venait d'entrer. Il avait presque oublié que l'homme l'avait intrigué. Il avait saisi le regard de sa sœur

Elsie sur cet homme et considérait désormais avec curiosité le policier. Le célibat d'Elsie contrariait son frère qui aimait à ce que les règles de la bonne société fussent respectées. Toutefois, il ne pouvait pas marier sa sœur de force, il n'était pas un sauvage ! Aussi, l'intérêt qu'il avait pu discerner dans les yeux d'Elsie pour l'inspecteur avait éveillé sa curiosité. Ainsi certains hommes avaient-ils la capacité de plaire à sa sœur. C'était miraculeux ! Édouard s'était promis de comprendre ce que cet homme pouvait avoir de spécial et de tenter de trouver, dans la bonne société, la perle rare dotée des mêmes qualités… Elsie ne pouvait certes pas épouser ce policier, issu de la *lower middle class*[5]. En tant que membre éminent de la *Upper middle class*, elle devait tenir son rang et épouser un homme doté du même niveau de fortune ou, mieux, un noble désargenté. Édouard ne désespérait pas de trouver l'oiseau rare dans cette dernière catégorie, mais sa sœur n'était plus de prime jeunesse. À vingt-six ans, elle se rapprochait de plus en plus de la vieille fille.

— Entrez, Monsieur l'inspecteur, asseyez-vous ! dit Édouard avec amabilité.

Ce n'était pas parce que l'inspecteur ne pouvait pas faire un beau-frère acceptable, qu'il ne le traiterait pas avec respect. Édouard estimait toujours ceux qui travaillaient, partant du principe que la société ne pouvait pas exister sans l'ensemble des hommes et des femmes assez vaillants pour contribuer à son essor.

— Tout d'abord, Monsieur, je vous remercie d'avoir bien voulu me recevoir, commença Percival.

Édouard apprécia la courtoisie du policier. *Sa voix est posée, sa diction est claire, c'est un homme éduqué.*

— Que puis-je faire pour vous ?

— Je suis en butte à des difficultés d'analyse d'une

---

[5] Classe moyenne basse (commerçants, petits officiers, professeurs…).

comptabilité, répondit Percival. Monsieur Jacques Laclau disposait de nombreux comptes bancaires, dont certains tenus par des établissements français, et nous n'avons malheureusement pas retrouvé l'intégralité des documents. Nous avons demandé aux établissements concernés de bien vouloir nous envoyer les éléments nécessaires à notre enquête, mais je suis persuadé que nous ne recevrons pas ces informations en temps utile. C'est pourquoi je tente de comprendre si la comptabilité en notre possession est honnête ou si elle contient des éléments pouvant laisser supposer quelques manœuvres frauduleuses.

Édouard hocha la tête. Le raisonnement était logique et il aimait la logique… et l'ordre.

— Avez-vous apporté les documents ?

— Oui, Monsieur.

Percival ouvrit la sacoche en toile qu'il avait apportée et en sortit de lourdes liasses de comptabilité. Édouard ne put que remarquer l'état d'usure du sac de l'inspecteur. Il était vieux et avait déjà transporté bien du poids. L'homme d'affaires s'empara des documents.

Percival était, lui aussi, un homme d'ordre. Il avait classé les différents documents établissement bancaire par établissement bancaire, puis par ordre chronologique. Édouard appréciait ce travail préparatoire, qui lui faisait gagner un temps précieux dans l'analyse à laquelle il devait procéder.

Il ne fallut qu'un quart d'heure à Édouard pour dénicher les premières anomalies de la comptabilité de celui qui avait été son hôte.

— Je puis vous affirmer deux choses : tout d'abord, cette comptabilité est bien trop complexe pour être honnête. Manifestement, Monsieur Jacques Laclau a tenté de dissimuler des mouvements financiers en multipliant les opérations entre divers établissements et sur des périodes courtes. C'est habile, mais inefficace contre quelqu'un de rompu à la gestion d'affaires. Ensuite, les rentrées d'argent officielles sont trop insuffisantes pour financer le train de vie qu'avait Monsieur Jacques Laclau. Sa comptabilité ne tient que par des apports annuels en espèces, dont on ignore bien évidemment l'origine. En outre, je remarque que, sur les années dont vous disposez, il n'a jamais déposé les espèces sur le même compte, probablement afin de ne pas attirer l'attention des établissements bancaires sur ses petits arrangements.

— Pensez-vous que ce genre de comportement soit compatible avec du chantage ?

Édouard marqua sa surprise. Il ne s'attendait pas à obtenir tant de détails sur les hypothèses du policier.

— J'avais, de prime abord, pensé à un trafic de spécimens rares de papillons, mais le chantage ferait tout aussi bien l'affaire, concéda-t-il.

— Un trafic de papillons… répéta Percival avec intérêt. Nous étions si obnubilés par les maisons miniatures, que cet élément a échappé à notre réflexion.

L'inspecteur réfléchissait à cette nouvelle hypothèse. Il ne pouvait pas l'écarter sans examen, n'ayant que trop peu d'indices dans cette affaire pour se montrer tranchant dans ses analyses.

— Un regard extérieur est parfois utile à la réflexion, remarqua Édouard. Si vous disposez d'une petite heure, je vous propose d'étudier les documents que vous m'avez apportés et de vous en faire un résumé circonstancié.

— Si j'osais, Monsieur, je vous demanderais de bien vouloir venir à Scotland Yard pour exprimer votre point de vue directement en présence des enquêteurs et de Monsieur le procureur Muir.

Édouard fut étonné. Il n'aimait guère être bousculé dans ses habitudes.

— Ce soir même ?

Il était sur le point de refuser, quand il songea à Elsie.

— Je suppose, reprit-il, que ma sœur assistera à cet exposé.

— Oui, Monsieur, je la compte au nombre des enquêteurs. Elle et Monsieur Spencer ont été engagés comme détectives consultants dans le cadre de cette enquête.

Édouard fut sidéré.

— Mais elle ne m'en a rien dit ! s'indigna-t-il.

Percival avait pensé rendre service à Elsie en confirmant son statut d'enquêtrice officielle et se dit que la jeune femme allait le maudire de plus belle… avec raison cette fois-ci. Il avait remarqué sa récente inimitié et s'en étonnait fort. *Si tu continues à accumuler les maladresses avec Miss Worthington, elle va finir par te vouer aux gémonies…*

— Soit, Monsieur l'inspecteur, je vous raccompagnerai à Scotland Yard en voiture et j'exposerai mon point de vue à qui voudra bien l'écouter. Si vous souhaitez joindre quelqu'un, je vous prie de bien vouloir utiliser le téléphone de la compagnie à votre convenance, pendant que je prends connaissance des documents restants.

Percival s'inclina pour remercier Édouard et sortit pour prévenir le procureur Muir et les autres de cet arrangement.

☙ ◆ ❧

Stuart entra dans les archives du *General Medical Council*, comme on pénètre dans un sanctuaire. La lumière y était tamisée, les sons étouffés et le détective se demanda s'il n'était pas tombé dans un piège pour faire disparaître les enquêteurs déplaisants, qui osaient poser des questions. Un mouvement dans le fond de la salle le rasséréna. Il n'était pas seul. En s'approchant de la silhouette sombre, Stuart s'aperçut qu'il était en présence d'un très vieil homme, dont le dos voûté le courbait sur sa table de lecture.

— Je suis Stuart Spencer, Monsieur, détective consultant auprès du *CID* de la police métropolitaine de Londres et je souhaiterais avoir quelques renseignements, s'il vous plaît.

— Je sais qui vous êtes, Monsieur, et je puis vous

affirmer que, sans l'intervention de ce procureur de la reine, nous n'aurions jamais ouvert nos archives. Le secret n'est pas un principe que nous négligeons.

Stuart s'installa plus confortablement en station debout. Il savait qu'il ne serait pas invité à s'asseoir.

— Pour notre part, c'est le meurtre que nous ne négligeons pas.

Le vieillard se renfrogna.

— Les médecins soignent, Monsieur, ils ne tuent pas. Vous vous trompez de lieu.

— Bien heureusement, l'immense majorité des médecins soigne mais, comme dans toutes les professions, il y a parfois des brebis galeuses. Ces hommes ne sont pas au-dessus de la loi, même s'ils sont médecins.

— Puis-je savoir à quel genre de crimes vous faites allusion, Monsieur ?

— À l'empoisonnement de patients âgés.

L'archiviste perdit de sa superbe. Stuart sourit.

— Vu votre réaction, Monsieur, vous savez de qui je parle.

— Nous avons eu un cas il y a une quinzaine d'années, je pense, qui pourrait correspondre à ce dont vous parlez. Toutefois, les explications fournies à l'époque par le médecin ont convaincu le *General Medical Council* de ne pas remettre cette affaire entre les mains de la police. En revanche, si vous vouliez interroger cet homme, vous arrivez trop tard. Il est décédé quelques années après.

— Pouvez-vous me dire si le médecin dont nous parlons se trouve sur la liste que j'ai établie en fonction des documents que nous avons trouvés ?

L'homme acquiesça. Il prit d'une main tremblante le papier que lui tendait Stuart et ajusta ses lorgnons afin de voir ce qui était écrit. Au bout d'un moment, il hocha la tête.

— Le Docteur John Randall, c'est bien lui. Je crois que je n'ai plus le choix, je vais vous sortir son dossier.

Il se leva avec beaucoup de difficultés et se mit à avancer lentement, à petits pas. Toutefois, l'homme savait où il devait chercher, ce qui surprit Stuart. Savait-il où se trouvait chaque dossier sans devoir consulter un quelconque registre ? Au bout d'un moment, l'archiviste revint de son pas pressé et lent à la fois, puis tendit un dossier très volumineux au détective.

— Vous devez le consulter sur place, Monsieur.

— Puis-je m'asseoir dans ce cas ?

L'homme se renfrogna. Il n'avait pas envie de partager sa table de travail. Il jeta un coup d'œil à la canne et à la posture du détective, puis soupira avant d'accepter.

Stuart s'installa et entama l'étude du dossier ordinal du Docteur John Randall. Les documents étaient nombreux. Le *General Medical Council* avait mené une vraie enquête pour définir si la surmortalité des patients âgés du Docteur John Randall était due à de l'incompétence ou à une volonté meurtrière.

Le temps s'écoulait lentement en ces lieux de silence. Après avoir parcouru un tiers du dossier, Stuart sentait la fatigue poindre, quand il se figea à la lecture d'une lettre figurant au nombre des pièces en faveur de la défense du médecin.

— Je te tiens ! gronda-t-il entre ses dents.

Stuart tenait dans sa main une lettre manuscrite de Jacques Laclau.

CHAPITRE VII

La journée avait été longue, mais elle était loin d'être terminée. Quand Percival et Édouard arrivèrent à Scotland Yard, Elsie, l'inspecteur David Needham et le procureur Muir étaient déjà installés, il ne restait qu'à attendre Stuart. Le son d'une canne précéda son entrée. Elsie s'était assez accoutumée au son du boitement de son cousin pour savoir quand il avait trop marché… comme c'était le cas ce jour-là. Elle libéra une chaise et l'installa non loin des maquettes, afin que Stuart n'ait plus à se lever. Quand le détective entra enfin dans le bureau de Percival, ceux qui le connaissaient surent à l'instant même qu'il était submergé par la douleur. L'inspecteur Montgomery partit aussitôt à la recherche d'un verre d'eau, pendant qu'Elsie aidait Stuart à s'asseoir sur sa chaise. Il avait mauvaise mine et transpirait d'abondance.

— Nous le tenons ! affirma-t-il avec un sourire crispé et las.

Le procureur Muir parut surpris et avança une chaise vers Stuart.

— Qui tenons-nous ?

Il aurait préféré laisser le temps au détective de se remettre un peu, mais la patience n'était pas sa plus grande vertu.

Stuart sourit davantage. Ce procureur si strict et si dévoué à la Couronne était aussi âpre à défendre la Justice qu'il l'était lui-même. L'enquêteur avait douté un moment de parvenir à trouver l'une des extrémités de la pelote criminelle laissée par Jacques Laclau, mais il en tenait désormais un bout et n'était pas prêt à le lâcher. Il était certain que le procureur entreverrait lui aussi l'importance de sa découverte.

— J'ai trouvé la preuve que Jacques Laclau connaissait un médecin ayant fait l'objet d'une enquête relative à la surmortalité de ses patients âgés…

Le procureur fronça les sourcils, pendant que l'inspecteur David Needham ouvrait de grands yeux. Il avait eu beau s'échiner sur cette affaire, il n'avait rien trouvé. L'homme était détesté, mais la chose n'était pas rare dans le milieu scientifique, tant les jalousies et les haines y étaient vives. Jacques Laclau avait aussi été un homme discret, solitaire, sans histoires apparentes…

— De quoi parlez-vous ? dit-il d'un ton un peu brusque.

Percival revint avec un verre d'eau qu'il tendit à Stuart.

— Avez-vous votre laudanum ou dois-je aller en chercher ? demanda-t-il sans se préoccuper de la conversation en cours.

Stuart hésita un instant, partagé entre le désir de soulager la douleur, qui lui vrillait le corps, et sa volonté de conserver ses capacités d'analyse.

— Non, j'en ai, mais je ne peux pas en prendre… Il faut que j'aie l'esprit clair.

Elsie posa sa main sur l'épaule de son cousin.

— Prenez-en au moins une goutte, Stuart, décida-t-elle, vous ne pouvez pas rester dans cet état. Vous commencerez la conversation et nous exposerons ensuite nos découvertes respectives.

Stuart hésita un instant, puis sortit le flacon de laudanum de sa poche. Il aurait voulu pouvoir se passer de ce vin d'opium, mais la douleur était toujours la plus forte. Il compta deux gouttes, en espérant ne pas s'endormir avant la fin de la réunion.

— Nous vous écoutons, Monsieur Spencer, dit le procureur en sortant un carnet de notes déjà bien rempli.

Une fatigue extrême tomba sur Stuart. Il se frotta à

plusieurs reprises le visage pour s'éclaircir les idées. Le laudanum avait cet effet brusque et anesthésiant, qui vous plongeait dans un cocon de plomb en quelques minutes. Au moins, la douleur de sa jambe se faisait-elle plus sourde.

— Pour résumer, nous sommes partis de l'hypothèse que le point commun entre ces maisons du crime était Jacques Laclau, qu'il se pouvait donc que les gens dont il était question dans ces miniatures fussent des connaissances du collectionneur. En conséquence, nous avons pris le problème à rebours et avons sondé l'entourage de cet homme pour y trouver un médecin assassin, des amants qui auraient supprimé le mari…

Le procureur hocha la tête.

— Je comprends le principe. Qu'avez-vous trouvé ?

Le procureur sentait qu'il était un peu brusque, mais l'homme en face de lui était si épuisé, si chancelant, qu'il craignait que Stuart ne s'endormît avant de lui avoir confié sa découverte.

— J'ai établi une liste de médecins à partir des papiers de Monsieur Jacques Laclau, puis je me suis rendu au *General Medical Council*, comme vous le savez. Après votre intervention, j'ai pu accéder aux archives et l'un des praticiens de la liste avait effectivement fait l'objet d'une enquête. Le Docteur John Randall.

— De quand date cette affaire ? Je n'en ai jamais entendu parler ! s'indigna le procureur.

— De 1877.

— Pardon ? Mais c'est ridicule, s'insurgea l'inspecteur Needham.

Le procureur lui intima le silence d'un regard plein de colère. Il avait trop de respect pour Stuart pour laisser quiconque l'interrompre.

— Je vous écoute, reprit-il en direction du détective.

Stuart soupira. Ses idées s'embrouillaient. Il avait envie de bâiller, de s'allonger et de s'endormir. Il faisait chaud dans le bureau de Percival, il…

— J'ai trouvé un témoin qui avait eu le temps d'observer la maison du médecin assassin avant qu'elle ne soit réduite en cendres, intervint Elsie en posant une main protectrice sur l'épaule de son cousin. D'après elle, les victimes étaient des personnes âgées car, en nettoyant les figurines les représentant, elle s'était aperçue que leurs fronts étaient barrés de lignes faites à l'encre. Comme elle s'était étonnée de cette curiosité, Jacques Laclau s'était exclamé : « Et comment voulez-vous qu'on représente les rides de tous ces vieillards séniles ? ».

Le procureur haussa les sourcils de surprise.

— Charmant… Continuez.

— Dans le dossier du Docteur John Randall, reprit Stuart, j'ai trouvé une lettre de Jacques Laclau… Je l'ai recopiée…

Stuart se secoua, conscient que le laudanum prenait le dessus sur lui… Une fois de plus… Il porta une main tremblante vers sa poche. Le laudanum était une drogue puissante et dévastatrice. Elsie devança son geste et attrapa la lettre qu'elle voyait dépasser de la poche poitrine de son cousin. Le geste, par trop familier, avait un peu choqué les hommes autour d'eux, mais Elsie mettait au défi quiconque de lui faire une remarque. Elle parcourut la copie d'un coup d'œil.

— C'est un témoignage en faveur du Docteur John Randall.

> « *Je, soussigné, Jacques Laclau, atteste avoir croisé Monsieur Sörj Adamson au cabinet du Docteur John Randall. L'homme paraissait de faible constitution et, pour tout dire, cacochyme. Je n'ai pas été étonné d'apprendre sa mort deux jours plus tard…* ».

— Les deux hommes se connaissaient donc… murmura Connor Muir.

Le procureur tourna son attention vers les miniatures. Il n'aimait pas du tout le tour que prenait cette affaire. À l'instar des enquêteurs, il sentait que de sombres secrets avaient été cachés au regard de la Justice, ce qui était inacceptable pour l'homme qu'il était.

— Quoi d'autre ? dit-il d'un ton tranchant.

Percival s'avança d'un pas.

— Comme vous le savez, Monsieur le procureur, nous avons découvert un squelette miniature dans l'une des caves de la maison à la robe bleue. Nous savons, grâce à Madame Victoria Worthington, que cette maquette fait référence à l'affaire Davies. Monsieur Bartholomew Davies fait l'objet d'une surveillance constante. Nous cherchons encore à établir un lien entre Jacques Laclau et lui, mais Monsieur Édouard Worthington, qui a accepté de nous faire bénéficier de son expertise financière, a eu une idée sur la question.

Tous les regards se tournèrent vers Édouard, pour une fois, peu à son aise. Il se serait fort bien contenté de son rôle de spectateur dans les circonstances présentes. Pourtant, il n'avait pas d'autres choix que d'exposer son raisonnement aux enquêteurs.

Elsie observait avec curiosité son frère. Son exposé avait été clair et concis. De plus, l'idée de rechercher de façon systématique sur les comptes de leurs suspects des retraits d'importance à intervalles réguliers était intéressante.

Édouard se rassit pour attendre la fin de cette étrange réunion. *Victoria te fait faire de curieuses choses parfois...*

— Je suis d'accord avec vous, Monsieur, admit le procureur, si nous trouvons des retraits réguliers de fortes sommes d'argent sur les comptes de ceux que nous suspectons, nous aurons un indice de plus. Ainsi, nous nous orienterions vers un maître-chanteur...

Le procureur se leva et se mit à arpenter le bureau de long en large, jetant de temps à autre des coups d'œil peu amènes aux miniatures exposées là.

— D'une manière ou d'une autre, reprit-il, Jacques Laclau parvient à identifier des meurtriers, il réalise ou fait réaliser des miniatures relatant les crimes, il les montre à ceux qu'il soupçonne et, s'il a raison, il les fait chanter… D'où l'incohérence entre son train de vie, les expéditions lointaines qu'il finance à la recherche de ses précieux papillons et ses gains officiels, somme toute modestes.

Elsie l'observait avec attention. L'homme ne lui plaisait guère, étant par trop conservateur pour qu'elle pût s'entendre avec lui, mais elle devait reconnaître que le procureur Connor Muir n'était dénué ni de logique, ni d'intelligence.

— Pour ma part, intervint Elsie, je me suis intéressée à la maison de l'empoisonneuse. Nous savons que Jacques Laclau avait à son service une cuisinière nommée Mary Porter. C'est une femme de 53 ans, fruste et un peu grossière, au service de son maître depuis 1868. J'ai essayé de trouver un détail qui pouvait relier la maison à cette femme, mais je n'y suis pas parvenue. La seule chose que j'ai trouvée est une minuscule image de la Vierge dans la poche du costume de l'empoisonneuse. Cette image pourrait faire écho au prénom de la cuisinière, mais le lien est trop ténu pour être probant.

Le procureur était d'accord avec elle, cet élément était insuffisant. Il fallait trouver autre chose pour pouvoir ne serait-ce que convoquer Mary Porter. Il observa un instant Elsie. Chacune de ses rencontres avec la détective était une épreuve pour lui, tant elle bousculait les cadres bien établis de sa pensée. Loin de l'image idéale de la femme victorienne, faible créature se pâmant à la moindre émotion, Elsie Worthington était dotée d'une santé de fer, de capacités martiales peu communes, d'une intelligence vive, d'un courage moral et physique appréciable, ainsi que d'une haute idée de la Justice. Sur ce dernier point, au moins, pouvait-il s'accorder avec elle.

— D'après votre amie, dit soudain Elsie en s'adressant à Percival, le tissu ayant servi à confectionner le vêtement de la victime de l'empoisonneuse daterait d'une vingtaine d'années, compte tenu des défauts dont il est affecté.

Percival regardait Elsie d'un œil rond.

— Mon amie ? répéta-t-il sans comprendre.

— Une jeune fille brune, apprentie couturière, avec laquelle je vous ai vu devant Scotland Yard et qui est venue vous voir cet après-midi !

Elsie était furieuse. Que l'inspecteur eût une amie, passait encore, mais qu'il feignît l'ignorance était inadmissible !

Percival fronça les sourcils, puis comprit. Il afficha un large sourire. *Miss Worthington est jalouse de Willow... C'est inattendu... et assez charmant, en vérité...*

— Ma sœur, précisa-t-il. Willow travaille non loin de Scotland Yard et elle a pris l'habitude de passer me voir de temps à autre.

Elsie n'était pas une grande actrice. Elle ne l'avait jamais été et ne le serait jamais. Elle n'avait aucun talent pour dissimuler ses sentiments. Elle fut si étonnée, soulagée, heureuse et gênée tout à la fois, que toutes ces expressions se bousculèrent sur son visage.

Stuart, qui observait sa cousine, ne put s'empêcher de sourire. Il avait vu juste. Ainsi son indomptable cousine avait-elle un penchant pour le beau Percival Montgomery. Heureusement pour elle, il n'était pas de caractère moqueur et se porta à son secours.

— Pour résumer, reprit-il, nous avons perdu deux maisons : la maison de Jacques Laclau et celle du médecin assassin. La première nous aurait peut-être permis d'identifier le tueur du lépidoptérophile, c'est pourquoi elle a été détruite en priorité. Toutefois, nous savons grâce à Elsie, que cette maison est entrée dans la collection de Jacques Laclau dans l'année qui vient de s'écouler.

Les idées de Stuart s'éclaircissaient. Il poursuivit :

— Nous ignorons si la seconde a été détruite sciemment ou simplement par extension du feu. Toutefois, nous savons que le médecin assassin s'en prenait aux personnes âgées, ce qui nous a permis d'identifier une relation de Jacques Laclau : le Docteur John Randall. L'enquête le concernant date de 1877 et il s'est suicidé un peu plus de trois ans plus tard en 1881.

— Suicide ? remarqua Percival. C'est parfois la seule issue pour échapper à un maître-chanteur…

Il se parlait plus à lui-même qu'aux autres, c'est pourquoi Stuart continua :

— Concernant les maisons qui restent à notre disposition, nous avons celle à la robe bleue. D'après nos éléments, elle expliquerait la disparition de Madame Roberta Davies. L'époux est intelligent, mais un peu trop sûr de lui. En outre, il a été déstabilisé par la réouverture du dossier, ayant probablement pensé qu'il était désormais à l'abri. Il nous faut consulter ses comptes à la recherche de la trace éventuelle de paiements faits à Jacques Laclau ou, au moins, de retraits suspects et réguliers.

— Je peux m'en charger, si vous voulez, intervint l'inspecteur Needham. Pour ma part, mon enquête est dans une impasse et je pourrai peut-être trouver le meurtrier de Jacques Laclau parmi les victimes de son chantage. Aussi, si vous voulez bien de mon aide, je souhaiterais travailler de concert avec vous.

Les détectives acceptèrent de bon cœur, il y avait assez d'ouvrage pour un enquêteur de plus.

— J'expliquerai la réorientation de vos investigations au colonel Sir Edward Bradford[6], indiqua le procureur.

Elsie poursuivit le raisonnement amorcé par son associé :

— Concernant la maison de l'empoisonneuse, à notre connaissance, Jacques Laclau ne connaissait qu'une seule

---

[6] *Commissioner* de la police métropolitaine de Londres à l'époque.

cuisinière : la sienne. Une question se pose : comment Mary Porter pouvait-elle s'acquitter des sommes demandées par son employeur et maître-chanteur ? Je ne vois que deux options : soit elle faisait bénéficier son maître de ses connaissances, afin qu'il pût se débarrasser de quiconque le gênait, soit elle vendait ses potions et payait ainsi les sommes exigées.

— Je préfère la seconde option, trancha Stuart. Je ne pense pas que Jacques Laclau ait eu tellement besoin de poisons. Il préférait ses victimes vivantes et capables de payer.

Elsie était d'accord avec son cousin.

— En revanche, précisa-t-elle, à ma connaissance, Mary Porter ne dispose pas de comptes bancaires ou, du moins, pas sous son identité.

— D'après moi, intervint Édouard, cette femme a plutôt le profil de ceux qui cachent leur magot sous leur matelas ou sous une planche de leur habitation.

— Je suis d'accord avec vous, réfléchit le procureur. Il va être difficile d'établir un lien entre elle et la maison. Si lien il y a bien sûr car, en l'état actuel de nos investigations, je ne m'avancerai pas sur ce point.

Le cas de l'empoisonneuse serait difficile à démêler, surtout compte tenu du temps écoulé entre la réalisation de cette maison et la découverte des miniatures.

— Concernant la maison des amants assassins, poursuivit Percival, nous avons remarqué que Jacques Laclau n'était ami qu'avec très peu de couples et que la plupart d'entre eux figuraient dans ses carnets sous le nom de l'époux. Par exemple, « Monsieur et Madame John Briggs ». Toutefois, une seule épouse a conservé son identité propre : Madame Virginia Claymore, épouse de Monsieur Harry Claymore. Je pense que cela vaudrait la peine de vérifier si Madame Virginia Claymore n'est pas veuve…

— Elle l'est, précisa Édouard.

Tous se tournèrent vers lui, une expression de surprise sur le visage. En cette affaire, la mémoire de la bonne société semblait plus utile que la mémoire policière. Édouard se renfrogna, conscient qu'il ressemblait de plus en plus à l'une de ces langues de vipère qu'il détestait tant. Il poursuivit pourtant :

— Son mari est mort il y a une dizaine d'années... Je venais de fonder ma première compagnie à Londres et je me souviens combien cette affaire avait fait bruisser la bonne société londonienne. À chaque fois que je tentais de présenter ma société, la conversation déviait inlassablement vers le « scandale Claymore ». Monsieur Charles Claymore est mort d'une crise cardiaque, ce qui peut arriver, mais ce qui a constitué le « scandale » à l'époque, était le remariage de la veuve, deux mois après la mort de son premier mari, avec le frère de ce dernier.

— Deux mois... répéta l'inspecteur Needham. On ne peut pas dire que cela respecte les conventions sociales...

— Avec le frère... réfléchissait Percival. Intéressant, je vais me renseigner sur ce couple atypique et voir si je ne peux pas les relier d'une manière ou d'une autre à la maison des amants assassins.

Le procureur nota les éléments dans son carnet.

Stuart se leva et déplia avec lenteur sa jambe. La douleur était supportable et il avait besoin de bouger pour lutter contre l'engourdissement qui le gagnait.

— Concernant la maison de l'ogresse, nous sommes partis du même raisonnement. Jacques Laclau ne comptait que très peu de relations féminines. J'ai pu isoler trois noms. Sur les trois, l'une d'elles a retenu mon attention : il s'agit de Miss Bérénice Jones. Elle est la seule à être assez âgée pour être liée à la maison de l'ogresse. En effet, la miniature a été faite avec un journal de 1862, ce qui la situe parmi les plus anciennes. Je me suis donc intéressé à cette dame. J'ai fait une rapide enquête de voisinage en rentrant du *General Medical Council* et j'ai découvert que son frère était lépidoptériste. La sœur vivait avec le frère et tenait son foyer jusqu'à sa mort subite, il y a une quinzaine d'années. Madame Bérénice Jones était la seule héritière de son frère et continue à vivre dans l'appartement qu'il possédait dans le quartier de *Mayfair*.

Elsie comprenait mieux pourquoi son cousin était revenu à Scotland Yard au bord de l'évanouissement. Le connaissant, il avait marché toute la journée pour économiser sur les frais facturés au client… Comme si Édouard pouvait s'émouvoir d'une ou de deux livres de plus ! Son regard rencontra celui de son frère qui semblait avoir suivi la même logique. Il était quelque peu contrarié.

Loin de se préoccuper des observations dont il était l'objet, Stuart continua :

— Les éléments que j'ai récoltés sur cette dame sont peu concluants, mais une chose a retenu mon attention malgré tout : d'après les voisins, Bérénice Jones semble toujours dans le besoin, alors que son frère disposait d'une fortune assez confortable.

— Elle aurait été poussée à la ruine par le maître-chanteur… supposa l'inspecteur Needham. Ce pourrait être un bon mobile pour supprimer Jacques Laclau. Je me charge d'enquêter sur la dame, si vous voulez bien.

— D'accord, Monsieur l'inspecteur, confirma le procureur Muir, mais n'oubliez pas l'infanticide. Même s'il date de 1862, nous devons savoir si cette femme a tué son nouveau-né… Nous le devons pour le repos de l'âme de ce pauvre enfant.

L'inspecteur Needham agréa. Il était reconnaissant au procureur de lui avoir remémoré le double but de son enquête car, se connaissant, il aurait vite oublié l'infanticide pour ne se consacrer qu'à l'assassinat de Jacques Laclau. *Un infanticide ! Quand même ! Concentre-toi !* Il avait la réputation d'être honnête, mais de foncer tête baissée sur la moindre piste… et il se demandait si sa réputation n'était, en fait, pas méritée… Quand il voyait travailler le quatuor auquel il avait été agrégé, il comprenait qu'une réflexion profonde pouvait aussi être utile. Il se promit de réévaluer sa façon d'enquêter.

La nuit était tombée sur Londres désormais. Les enquêteurs avaient envie de rejoindre leurs domiciles respectifs pour se reposer un peu, mais il restait encore le cas de deux maisons à étudier.

— Restent la maison au fox-terrier et celle de l'époux infidèle, résuma Elsie.

— Concernant la miniature de l'époux infidèle, reprit Stuart, Jacques Laclau connaissait trop d'hommes mariés pour que nous puissions suivre le même raisonnement que précédemment.

— Il faut que nous trouvions un élément dans la maison elle-même… conclut Percival. Je m'en occuperai demain à la première heure.

— Maintenant, la maison au fox-terrier… murmura le procureur. Je suis quelque peu gêné par cette miniature. Elle n'a rien de commun avec les autres. J'entends qu'égorger un chien relève d'un acte sadique et répréhensible, mais ce n'est pas un assassinat au sens pénal de la loi.

Tous scrutèrent cette étrange maison. Elle était plus simple que les autres, de plain-pied, sans étage, ni de place pour les domestiques. Elle était vieille et usée par le temps, mais elle avait été faite avec méticulosité. Le moindre détail semblait avoir son importance pour celui qui l'avait réalisée. Percival se dirigea vers son bureau pour en sortir des pinces et des loupes. Chacun s'empara d'un ustensile et s'approcha de la maison, ils devaient trouver. Cette maison fragilisait leur raisonnement.

— Il y a forcément quelque chose d'autre… pensa Stuart tout haut.

Armés de leurs instruments, les investigateurs

inspectaient tout. L'un étudiait le toit et les murs, pendant que l'autre observait la miniature du tueur, alors que les deux autres cherchaient dans les meubles. Pendant ce temps, le procureur Muir mettait au propre ses idées et Édouard accumulait les détails pour pouvoir les raconter à Victoria, qui serait sans nul doute passionnée par cette histoire. *Victoria…* Plus Édouard songeait à cette affaire sordide, plus il se demandait ce que ce fou de Jacques Laclau pensait avoir contre son épouse. Une femme d'une telle innocence, toujours aimable, courtoise en toute circonstance. C'était ridicule ! Personne ne parviendrait à lui faire croire que ce Jacques Laclau avait trouvé quoi que ce fût contre son épouse adorée. À cet égard, il devait des excuses à Victoria. Elsie le lui avait fait remarquer et elle avait eu raison. L'interrogatoire qu'il avait fait subir à son épouse était indigne de lui et indigne des vœux qu'il avait prononcés le jour de son mariage ! Il devait respect et protection à Victoria, pas s'improviser tourmenteur. Il fallait qu'il eût le fin mot de l'histoire. Stuart et Elsie devaient trouver ce que cachait cette sombre enquête. Édouard reporta son attention sur sa sœur et son cousin. Ils faisaient une étrange paire de détectives mais, force était de constater, que leurs esprits s'accordaient à merveille. Le jeune inspecteur n'était pas en reste non plus. *Un homme intelligent celui-là... Habile et posé...* Il n'en aurait pas dit autant de son collègue, mais l'inspecteur Needham semblait honnête.

— Honfleur, 1857, annonça Stuart avec un sourire.

La pelote se démêlait. Stuart tenait entre ses doigts un minuscule bout de papier qu'il étudiait à la loupe.

— Honfleur ? Mais c'est en France, s'exclama Elsie.

— Jacques Laclau était d'origine française, l'informa l'inspecteur Needham. Les premiers renseignements que j'ai trouvés à son sujet en Angleterre datent de 1858, mais je n'ai aucune information ni sur son entrée sur le territoire, ni sur sa vie auparavant…

— Je crois que nous n'allons pas tarder à en savoir davantage. J'ai trouvé ce bout de papier dans la poche du tueur…

Un étrange pressentiment se faisait place dans l'esprit de Stuart. *L'homme était méticuleux, vicieux, sournois…* Si celui qui égorgeait le chien était le jeune Jacques Laclau, il se serait montré prudent, pour que nul ne pût l'accuser d'un crime. Égorger un chien était un acte féroce et cruel mais, comme venait de le rappeler le procureur, ce n'était pas l'équivalent d'un assassinat au sens pénal… *Il aura dissimulé son crime aux yeux de tous, tout comme il a dissimulé ce qu'il était vraiment toute sa vie durant… Un maître-chanteur et un assassin…* Stuart tapa de son doigt replié les planchers de la maison, les cloisons, le toit. Il progressait avec patience, quand un mur sonna creux. Il réitéra l'expérience avec plus de minutie pour délimiter une espèce de niche dans le mur derrière la figurine et le pauvre chien.

— Là.

Il sortit un canif, dont il se servait le plus souvent pour couper son pain et introduisit la lame dans une rainure qu'il sentait apparaître sous la tapisserie noire de la miniature. Il suivit la ligne et fit bientôt pivoter un panneau secret. Elsie et les deux inspecteurs eurent un mouvement de recul et d'horreur.

— Cela satisfait-il votre raisonnement, Monsieur le procureur ?

L'homme de loi s'approcha et blêmit un peu.

— J'en ai bien peur, Monsieur Spencer… J'en ai bien peur…

Derrière la cloison, deux figurines couvertes de taches rouges avaient été emmurées.

Chapitre VIII

Édouard s'épongea le front. Non pas qu'il fît trop chaud dans le bureau de l'inspecteur, mais la découverte des deux figurines emmurées l'avait contrarié à l'extrême.

— J'ai une question, osa-t-il.

— Je vous en prie, cousin, répondit Stuart.

Édouard se redressa et tenta de reprendre quelque contenance.

— D'après ce que j'ai compris, ce Jacques Laclau était un collectionneur d'horreurs. D'une manière ou d'une autre, il avait été informé de l'existence de crimes domestiques et avait fait réaliser ces miniatures pour faire chanter les tueurs qu'il avait identifiés.

— C'est notre hypothèse actuelle, confirma Stuart.

— Ma question est : comment savons-nous que ces tueurs n'ont pas réalisé eux-mêmes les maisons ?

Elsie roula des yeux comme des billes. Elle ne comprenait pas où voulait en venir son frère.

— Quand je regarde ces maisons, force est de constater qu'elles ne constituent pas un ensemble harmonieux, si vous me permettez ce mot peu approprié au vu des circonstances. Il n'y a pas de cohérence dans leur réalisation. Il y a trop de différences. Certaines mettent l'accent sur la seule pièce du crime, d'autres apportent une minutie extrême aux personnages, celle-ci représente la tueuse bien plus grande que sa victime…

— Et si c'était un club ? dit soudain Percival.

Il avait suivi le raisonnement d'Édouard et se rendait compte que le frère d'Elsie avait la même gêne vis-à-vis de la collection en elle-même que lui.

— Exactement ! confirma Édouard. Un *Gentlemen's Club* pour assassins !

— Et la maison serait leur chef-d'œuvre, la pièce nécessaire pour y être admis, continua Percival.

— Et les fonds mystérieux ne seraient que les cotisations annuelles, continua Stuart.

Elsie les regarda ébahie, puis haussa les épaules.

— Je préfère l'hypothèse du maître-chanteur.

— Moi aussi, confirmèrent le procureur et l'inspecteur Needham.

Édouard hésita un instant et examina les maisons. Il ne parvenait pas à se départir de l'impression étrange que cet ensemble hétéroclite lui faisait, mais n'avait pas d'autre argument que son ressenti.

— Club ou pas, nous sommes d'accord sur le fait que Jacques Laclau n'a pas commis seul l'ensemble de ces crimes, reprit Stuart. Nous avons donc six assassins en liberté, sans compter celui de Jacques Laclau, qui savent que les miniatures ont été découvertes et qui se doutent que nous les cherchons. Je vous engage donc à la plus grande prudence…

Ce fut le coup de grâce pour Édouard.

— Je dois rentrer chez moi, s'exclama-t-il. Si vous voulez que je vous raccompagne en voiture, dit-il en s'adressant à Stuart et Elsie, je souhaiterais que nous partions maintenant. Toutefois, si vous préférez poursuivre cet entretien, je vous offre le cab de bon cœur… À tous d'ailleurs, je ne tiens pas à apprendre demain que vous aurez été victime d'une attaque en rentrant chez vous…

— Ne vous inquiétez pas, Monsieur, répondit le procureur. Je dispose de ma propre voiture et je raccompagnerai les deux inspecteurs chez eux. Je suis d'accord avec vous tous. La situation se tend à l'extrême et je m'étonne que nous n'ayons pas encore eu de blessés, ou pire, dans nos rangs.

— Victoria a été attaquée, s'indigna Édouard. Depuis, elle n'ose plus sortir de chez nous !

— C'est vrai, Édouard, temporisa Stuart, et vous m'en voyez navré. Je rendrai visite ce soir à votre épouse, si vous m'y autorisez. Je souhaiterais la voir avant notre départ pour la France.

Elsie eut un large sourire. Stuart et elle réfléchissaient de la même manière.

— La France ? répéta l'inspecteur Needham.

— Puisque la maison du fox-terrier nous livre une piste vers Honfleur, intervint Elsie, nous aurons plus vite fait de rejoindre la France en tant que détectives privés, plutôt que vous dans le cadre officiel d'une enquête criminelle. En outre, je parle français, puisque notre mère est française.

Stuart sourit. Lorsqu'il avait appris cette information, il n'avait pu réprimer son étonnement. Ainsi la stricte Adélaïde, la plus victorienne des victoriennes, était-elle française…

— Qu'il en soit ainsi, entérina le procureur.

Le groupe rangea de façon sommaire le bureau de l'inspecteur Montgomery et se dirigea vers la sortie.

La nuit était claire et les réverbères devant New Scotland Yard illuminaient les abords du *Victoria Embankment*. Tout semblait paisible et, en attendant que leurs voitures respectives n'arrivassent, les enquêteurs discutaient. Un coup de feu retentit. Deux. Stuart se jeta au sol entraînant avec lui Édouard. Trois. Percival plaqua Elsie contre lui et les précipita à terre, pendant que l'inspecteur Needham se jetait sur le procureur. Quatre. Un cri résonna. Cinq. Un coup de sifflet. Six. Des coups de sifflets, des hurlements, des bruits de courses.

Percival releva la tête.

— Vous allez bien, Elsie ?

La jeune femme se frottait la tempe, sa tête avait heurté le sol, malgré le bras de Percival qui voulait la prévenir de ce genre de blessure.

— Ça ira, dit-elle avec une grimace, et vous Percival ?

— J'en serai quitte pour un bel hématome à l'épaule, mais ça ira.

Percival se releva. Il était trop tard pour donner la chasse à leurs assaillants et une partie des factionnaires du quartier général de la police métropolitaine s'en chargeait. *Deux tireurs*. Il jeta un coup d'œil, les autres se relevaient. *Nos tueurs ne savent pas viser...* Il aida Elsie à se remettre sur ses pieds. Elle se frottait la tempe avec douleur.

— Je suis vraiment confus, Miss Worthington, dit Percival.

— Elsie.

— Pardon ?

— Elsie, pas Miss Worthington.

— Je ne suis pas certain que...

— Vous trouverez probablement cela étrange, Percival, mais quand un homme risque sa vie pour protéger la mienne, il a le droit de m'appeler par mon surnom. Et il en va de même de mon côté, je l'appelle par son prénom.

Percival ne put réprimer un sourire en coin, ce qui contraria Elsie. Cet inspecteur était vraiment trop séduisant.

— Accordez-vous souvent cet honneur ? demanda Percival avec un large sourire.

— Vous êtes deux à avoir ce privilège, répondit Elsie d'un air sérieux. Stuart et vous-même.

— Quel privilège ? interrogea Stuart, en inspectant ses troupes après le feu.

— De m'appeler Elsie.

Stuart souffla d'admiration.

— Alors, là, mon ami, vous entrez presque dans la famille !

Percival et Elsie rougirent jusqu'en haut des oreilles, mais furent préservés des moqueries par la pénombre où ils se trouvaient. Seul un raclement de gorge désapprobateur fit savoir qu'Édouard avait tout entendu.

Samedi 18 juillet 1891

Victoria était pâle et contrariée. La veille au soir, elle avait reçu la visite de Stuart, ce qui lui avait fait un grand plaisir dans un premier temps, puis elle avait été informée des derniers événements et avait tremblé de façon rétrospective. Tant que ces tueurs ne seraient pas mis hors d'état de nuire, elle n'oserait plus sortir de chez elle ! Elle avait alerté tous les domestiques et avait exigé que des tours de garde fussent organisés au sein même de la maisonnée. Elle-même ne parvenait plus à fermer l'œil de la nuit et rôdait dans les couloirs, prête à faire feu sur tous ceux qui oseraient entrer chez elle sans invitation. *Qui l'eût cru ? J'ai même caché à Édouard l'acquisition de ce charmant revolver de poche... Je n'ai aucune envie qu'il m'en prive ! Il est si légaliste parfois !* Victoria but une gorgée de son thé préféré. Son goût fruité avait toujours le don de la réconforter. *Et sa crise d'hier soir ! Pour une bagatelle ! Elsie et ce charmant inspecteur s'appellent par leurs prénoms, la belle affaire ! Il devrait se réjouir qu'un homme ait enfin réussi à plaire à sa sœur ! Mais non, il râle, renâcle et bougonne parce que le monsieur en question n'est pas d'assez haute extraction ! Quelle plaisanterie ! Quand on voit ce qu'il se passe dans la haute société, il vaut mieux un homme honnête de la middle class, qu'un tueur à la lignée irréprochable !* Victoria avait décidé de défendre l'inspecteur Percival Montgomery la prochaine fois qu'Édouard aborderait le sujet... Parce que, connaissant son époux, tôt ou tard, le sujet reviendrait. C'est pourquoi elle avait demandé à Percival de bien vouloir lui rendre visite à quatre heures de l'après-midi, pour le thé. L'inspecteur avait été surpris, mais il avait accepté l'invitation. Victoria allait fourbir ses arguments.

☙ ◆ ❧

Édouard n'avait pas l'esprit tranquille. Il savait que Victoria lui cachait quelque chose. Toutefois, il avait insisté pour lui présenter ses plus sincères excuses concernant l'interrogatoire, qu'il lui avait fait subir quelques jours auparavant. Il se rendait compte, désormais qu'il avait de plus amples renseignements sur la sordide affaire dans laquelle ils avaient été plongés, qu'il n'aurait jamais dû soupçonner son épouse de lui avoir dissimulé quelque chose d'aussi épouvantable. Cependant, il était persuadé qu'elle ne lui disait pas tout. Il haussa les épaules. Après tout, chacun avait le droit d'avoir son petit jardin secret. Il aurait bien sûr préféré qu'elle se confiât à lui avec plus de confiance, mais Édouard se voulait un homme juste. Il décida que c'était à lui de se montrer digne de cette confidence.

En revanche, la réunion de la veille au soir l'avait perturbé. Comment avait-il pu accepter l'invitation d'un homme aussi pervers ? *Un sadique ! Voilà ce qu'il était. Un sadique et un maître-chanteur !* Qu'il eût rançonné des meurtriers ne changeait rien à la noirceur de sa propre âme. *Pire, c'était peut-être le président dégénéré d'un club de tueurs !* Édouard ne put réprimer un frisson d'horreur. Il avait toujours été un fervent partisan de ces associations. C'était selon lui un bon moyen de faire le tri dans ses nouvelles connaissances. Les hommes rejoignaient les clubs avec lesquels ils se sentaient le plus d'affinités. Lorsqu'il avait montré son intérêt pour le *Reform Club*, il savait que cette institution réunissait des hommes soutenant une politique libérale et réformatrice. S'il avait voulu retrouver les anciens d'Oxford, il aurait opté pour le *Oxford and Cambridge Club*, ou s'il avait voulu soutenir une politique conservatrice, il aurait rejoint le *Carlton Club. Mais un club d'assassins... C'est une honte ! Une insulte faite à ces institutions britanniques qui... Et si, c'était ça ? Si, à travers la création de son club d'assassins, Jacques Laclau avait voulu ridiculiser ce pilier de la vie sociale victorienne ?* Édouard haussa les épaules, ce qui ne lui arrivait guère. Il ne savait si son imagination lui jouait des tours ou s'il avait raison, et ne le saurait peut-être jamais. Toutefois, le point qui le dérangeait le plus était le nombre de maisons. Comment se faisait-il que ce Jacques Laclau ait été capable d'identifier tous ces meurtriers dans son entourage ? Cela signifiait-il qu'il y avait des tueurs partout autour d'eux ? La société victorienne était-elle gangrenée à ce point par le crime ? Édouard se débattait avec des idées sombres et il n'aimait guère cela. Pour faire des affaires, il fallait être rempli d'une énergie positive ce qui n'était plus son cas. *Vivement que cette histoire soit derrière nous !*

Quand Percival avait vu arriver l'agent Hugh Hobbes dans son bureau, il avait compris qu'un événement grave venait de se dérouler. Stuart et Elsie étant partis pour la France le matin même, il avait fait mettre sous surveillance l'agence Worthington & Spencer, afin de ne pas rater l'éventuelle prochaine attaque du ou des tueurs impliqués. Deux hommes venaient d'être empoisonnés. Deux bobbies auxquels il avait donné l'ordre de surveiller l'agence. Il s'en voulait. Il aurait dû comprendre. Il aurait dû savoir que les tueurs, qu'ils recherchaient, étaient déterminés à détruire tous ceux qui se mettraient en travers de leurs chemins.

Dans la voiture qui l'emmenait en compagnie de Hugh à l'hôpital Saint Bartholomew, il tournait et retournait les éléments de l'enquête dans sa tête. *L'empoisonneuse ? Cette bonne femme aurait mis hors de combat deux bobbies ? Impossible !* S'il prévoyait une attaque de la part de l'un ou de l'autre des assassins, ce n'était certes pas de la cuisinière qu'il l'attendait. Non seulement elle avait empoisonné les deux agents en pleine rue, mais en plus elle leur avait échappé. *Je dois m'enquérir de leurs états de santé respectifs et leur demander une description de leur agresseur. Si jamais le portrait correspond peu ou prou à Mary Porter, je vais l'arrêter de ce pas.*

— Seriez-vous disponible, après notre visite, pour une interpellation, agent Hobbes ?

Hugh déplaça sa masse dans la voiture pour se tourner vers Percival.

— Si c'est pour jeter dans une cellule celui qui a fait ça, pour sûr que je suis disponible, Monsieur l'inspecteur, gronda-t-il.

— C'est une empoisonneuse, il faudra que nous soyons méfiants.

Hugh haussa l'un de ses larges sourcils.

— Une empoisonneuse ? Ça existe encore ça ? Et pourquoi pas une sorcière !

— Vous ne croyez pas si bien dire…

Hugh regarda Percival comme si ce dernier avait perdu l'esprit. Puis, il repensa à l'arrestation du mois précédent[7] et se demanda dans un grognement si tous les Londoniens avaient perdu l'esprit.

Les deux hommes étaient en piteux état. Leurs visages et leurs mains avaient été brûlés par un poison huileux que l'empoisonneuse leur avait jeté. Selon leurs dires, leurs peaux et leurs uniformes s'étaient aussitôt mis à fumer et des brûlures horribles étaient apparues. Ils n'avaient dû leur salut qu'au pharmacien de la rue. L'apothicaire avait reconnu le vitriol fumant[8] et leur avait jeté du bicarbonate de soude dessus, puis il les avait rincés à grande eau avec l'aide de voisins. Transportés en urgence à l'hôpital Saint Bartholomew, les médecins avaient pu stabiliser leur état.

Percival avait eu l'autorisation de voir les deux hommes

---

[7] *Esprits tueurs, Worthington & Spencer, détectives privés*, 2019.

[8] Autrement dit de l'acide sulfurique.

cinq minutes chacun, pas une seconde de plus. Les deux bobbies avaient décrit la même femme : petite, forte de corpulence, un bonnet blanc sur ses cheveux gris… Percival ne perdit pas un instant, il demanda des renforts, bondit dans la voiture en compagnie de Hugh et ils foncèrent au domicile de Jacques Laclau, afin d'appréhender Mary Porter avant qu'elle n'eût le temps de s'enfuir.

— Du vitriol fumant ! marmonnait Hugh. Une sorcière… en plein Londres… en 1891 !

Percival ne disait rien, mais il n'en pensait pas moins. La maison de l'empoisonneuse était ancienne et Mary Porter avait été engagée par Jacques Laclau en 1868. Compte tenu de l'attaque à l'acide qu'avaient subie les deux bobbies, l'inspecteur se demandait désormais combien d'autres victimes avait faites cette tueuse. *Un club d'assassins… Et si Édouard Worthington avait raison malgré tout…*

☙ ♦ ❧

Honfleur, même jour

Elsie et Stuart avaient fait bon voyage. Attachée à son confort, Elsie avait organisé leur traversée à bord d'un paquebot de marchandises qui rejoignait Le Havre. Le puissant navire à vapeur disposait d'une cabine pour les passagers pressés et peu regardants à la dépense. Édouard râlerait pour le principe, mais elle tenait à ce que la jambe de Stuart fût préservée autant que faire se pouvait, d'où son choix d'une escale au Havre. Après la traversée dans une cabine confortable, elle avait opté pour la location d'une voiture automobile avec chauffeur, qui les conduirait à Honfleur. Elsie préférait les voitures hippotractées, mais elle savait d'instinct que ces étranges mécaniques allaient à l'avenir supplanter les élégants fiacres.

Comme tout s'était déroulé sans anicroche, Elsie et Stuart arrivèrent à Honfleur en début d'après-midi. Jules, le chauffeur, un homme solide d'une quarantaine d'années, était un bon conducteur. Havrais de naissance, il connaissait la région « comme sa poche », selon son expression qui fit rire Elsie, et les amena à bon port en un temps record. Stuart estima que son associée avait eu une heureuse idée en s'adjoignant les services de Jules. L'homme leur ferait gagner un temps précieux sur place.

La tâche n'était pas simple en vérité. Il leur fallait retrouver la trace de Jacques Laclau, parti depuis au moins 1857, dans une ville qui comptait désormais plus de neuf mille âmes. Bien que l'ensablement du port d'Honfleur et la concurrence du port du Havre eussent fort limité les flux commerciaux, Honfleur n'en restait pas moins une ville dans laquelle les allées et venues des uns et des autres étaient bien difficiles à suivre. Jules accepta de rester avec eux jusqu'à leur départ le soir même ou le lendemain, le temps de mener leur enquête. Il les déposa à leur première étape : le poste de police.

À l'instar de leurs collègues britanniques, les policiers français furent mécontents de voir arriver deux détectives privés, Anglais de surcroît, et qui avaient l'audace de les interroger sur des faits anciens… Elsie prouva ses compétences dans la langue de Molière, à laquelle Stuart n'entendait pas un traître mot, et parvint au bout d'un moment à obtenir un renseignement intéressant :

— En dehors du garde champêtre, Madame, je ne vois pas où vous pourriez trouver des informations sur une affaire vieille de plus de trente ans… Ou le notaire, peut-être… Maître Paul Bréard… Il a repris l'étude de son père et se souviendra peut-être de votre affaire.

Elsie remercia l'agent et ressortit du poste de police, Stuart sur les talons.

— Je n'ai rien compris à votre conversation, Elsie, reconnut Stuart.

— Vous n'avez pas manqué grand-chose ! Je me plains

des agents de Scotland Yard, mais celui-là était encore moins vif d'esprit !

Stuart ne put réprimer un sourire. Sa cousine avait la langue la plus acérée qui fût.

— Ce pauvre homme vous a-t-il quand même renseignée convenablement ? demanda-t-il.

— Oui, il nous a recommandé de nous rapprocher d'un notaire d'Honfleur, Maître Paul Bréard, et du garde champêtre.

— Conseil judicieux, remarqua Stuart avec humour, mais Elsie ne saisit pas la plaisanterie.

Elle était hermétique à toute forme de sarcasme, *a fortiori* lorsqu'elle était plongée dans une enquête. Elle donnait déjà les nouvelles directions à Jules, qui sortit une carte d'un vide-poches aménagé dans la portière et la scruta un instant, avant de hocher la tête. Les Anglais s'installèrent sur la banquette arrière.

Stuart était quelque peu contrarié par les dépenses dispendieuses qu'Elsie imposait à son frère, d'autant plus qu'à ce jour, ils avaient été incapables de relier Victoria à quoi que ce fût dans cette sombre histoire… *Heureusement, d'ailleurs…* Toutefois, le détective devait reconnaître que ce voyage était plus confortable que tout ce à quoi il s'était attendu. *La vie est tout de même plus simple quand l'argent n'est plus un problème…* Jules fit démarrer la voiture d'un grand coup de manivelle, interrompant la rêverie de Stuart, puis ils prirent la route.

☙ ◆ ❧

Elsie n'aimait pas les notaires ! Et ce Maître Paul Bréard n'allait pas changer son opinion des membres de cette corporation ou ordre, peu lui importait.

— Ce gratte-papier nous a tout bonnement jetés dehors ! Secret professionnel ? Secret professionnel ? Et en quoi une succession de 1857 peut-elle encore être protégée par le secret professionnel ?

Elsie était indignée, courroucée et contrariée tout à la fois. Stuart regrettait un peu de ne pas parler français, car il devait s'en remettre à Elsie pour les négociations, ce qui n'était pas la spécialité de la jeune femme. Certes, Elsie avait de nombreuses qualités fort appréciables, comme le courage, la loyauté et l'intégrité, mais elle n'était pas diplomate…

— Peut-être parce que cette succession concerne encore quelques personnes vivantes… essaya Stuart.

— Eh bien, elles ont bien de la chance, ces personnes, d'être encore vivantes ! Ce n'est pas le cas de beaucoup de victimes dans cette affaire !

Elsie se renfrogna. Stuart connaissait bien sa cousine et savait que, face à une contrariété, elle passait par trois phases : la révolte, la bougonnerie, avant de recouvrer quelque tempérance. Il la laissa à sa période grincheuse et profita de ce temps pour réfléchir. Jules savait où trouver le garde champêtre, ce qui leur ôtait une nouvelle épine du pied. Ils se dirigeaient vers la sortie d'Honfleur, le garde champêtre étant en charge de la protection du domaine rural. Les réflexions de Stuart le menèrent sur des chemins obscurs. *Et si Édouard avait raison… Si nous étions confrontés à une sorte de club d'assassins… Dans ce cas, comment devons-nous appréhender le meurtre de Jacques Laclau ? Une vengeance ? Une guerre de succession ? Et la question la plus énigmatique de toute : que vient faire Victoria dans cette histoire ?*

La voiture ralentit et se gara devant une maison située juste après la sortie d'Honfleur. Une femme, blonde, charpentée, entre deux âges, installée à une table dehors pour broder, les regarda s'arrêter avec étonnement. Jules était déjà en train d'ouvrir la portière à Elsie, ce qui ne mit pas davantage en confiance la Normande qui les fixait de ses yeux ronds.

— Bonjour Madame ! commença Elsie dans un français,

mâtiné d'un accent britannique charmant. Nous souhaiterions nous entretenir avec Monsieur le garde champêtre, s'il vous plaît.

La femme se leva et salua d'un signe de tête Elsie et Stuart. Elle posa avec attention son ouvrage sur la table.

— Mon mari est en train de faire sa ronde, Madame, mais il est presque cinq heures. Si vous voulez l'attendre, il ne tardera pas à rentrer.

Elsie traduisit à Stuart qui sourit en remerciement à la dame. La femme sembla réfléchir un instant et proposa :

— Voulez-vous boire un verre de cidre en l'attendant ?

Elsie hésita. Elle ignorait ce qu'était le cidre, mais accepta avec gratitude. Il faisait chaud en ce mois de juillet et elle avait soif. Pendant que la dame préparait les verres, Elsie se rapprocha de Jules.

— Jules, je sais que cela ne relève pas de votre mission habituelle, mais nous sommes partis sans rien et je souhaiterais que nous fassions quelques courses pour le repas de ce soir.

— Je peux m'en charger, Madame. Je comprends que vous devez attendre ici. Que voulez-vous ?

— Un panier-repas pour ce soir, pour nous trois, et deux bouteilles de cidre pour ces gens, je ne veux pas leur prendre le peu qu'ils ont. Je vous donne l'argent et prenez aussi ce dont vous avez besoin pour vous.

— Bien, Madame. Merci, Madame.

Jules était un peu surpris, mais il ne s'autorisa aucun commentaire. Il repartit aussitôt après avoir avalé le verre de cidre que lui avait préparé l'épouse du garde champêtre.

Après leur avoir expliqué que le cidre était un vin pétillant de pommes, la dame était retournée à son ouvrage. Stuart et Elsie, quant à eux, s'installèrent à l'ombre et purent déguster le liquide doré en toute quiétude. C'était bon, frais et légèrement acidulé. Elsie adora ce vin. Elle se promit d'en rapporter une bouteille à Édouard et Victoria pour se faire pardonner ses excès de facturation.

Une demi-heure plus tard, Jules revint avec un panier bien garni et le garde champêtre qu'il avait rencontré sur la route. L'homme semblait surpris et heureux de sa bonne fortune, il avait pu essayer l'une de ces voitures mécaniques qu'il voyait parfois passer. L'événement était rare et l'intriguait à chaque fois. À son sourire radieux, Elsie et Stuart conclurent qu'il serait plus disposé que le notaire à répondre à leurs questions.

— Bonjour Madame et Monsieur ! s'exclama l'agent. Votre chauffeur, qui m'a croisé sur la route, a eu l'amabilité de me raccompagner jusqu'ici ! C'est une belle voiture que vous avez louée là ! Alors, comme ça, vous êtes des détectives de Londres ! Qu'est-ce qui peut bien vous amener ici ?

L'homme était enjoué, Elsie se demanda combien de temps cet état durerait.

— Bonjour Monsieur, nous sommes venus dans le cadre de l'une de nos enquêtes. Nous souhaiterions savoir si vous vous souvenez d'une affaire qui se serait passée en 1857 à Honfleur et où une famille aurait disparu en ne laissant derrière elle qu'un chien égorgé ?

Les trois Français blêmirent à l'évocation du crime. Jules et la dame furent contrariés comme tout être humain doté de sentiments pouvait l'être face à un tel récit, mais le garde champêtre fut bien plus ébranlé.

— La disparition des Callau… murmura-t-il.

— Je vous demande pardon, s'enquit Elsie.

Le fonctionnaire s'approcha de la table et s'assit. Son épouse lui apporta un verre de cidre, il en avait besoin. Stuart et Elsie lui laissèrent le temps de se reprendre. Voir ressurgir une terrible histoire du passé n'était certes pas la meilleure façon de finir sa journée.

— C'est l'affaire Callau, reprit-il. De braves gens, honnêtes, travailleurs, serviables. J'avais…

Il hésita un instant, replongeant dans ses souvenirs.

— Une dizaine d'années, à peu près. Je me souviens que

mon père, mon prédécesseur dans ce poste, est rentré un soir, pâle comme un linge. Il m'a envoyé dans la chambre, il ne voulait pas que j'écoute, mais les murs n'étaient pas épais. Il avait trouvé le chien, massacré, du sang partout dans la maison, mais aucune trace des Callau. On n'a jamais revu ni les parents, ni le fils. Lui était parti à Paris faire des études, mais il n'était pas bien brillant, pas courageux non plus. Ses parents se saignaient aux quatre veines pour lui payer des études… Des braves gens les Callau…

Tout était sorti d'une traite, un souvenir enfoui qui ressurgissait un soir d'été. Le garde champêtre finit son verre et se leva.

— Bon, je suppose que vous voulez voir la maison ? proposa-t-il.

— Elle existe encore ? s'étonna Elsie.

— Pour sûr ! Personne n'en a voulu de cette maison. Maudite qu'on dit dans le pays !

Stuart acquiesça. Il ne comprenait pas le détail, mais il savait déchiffrer les expressions des visages.

Ils montèrent dans la voiture, le garde champêtre s'installa à côté de Jules pour le guider vers la maison des Callau.

Pendant le trajet, Elsie avait traduit à Stuart tout ce qui avait été évoqué. Il avait sorti un carnet et avait écrit « Callau » dessus, puis « Laclau ».

— C'est une anagramme, conclut-il.

Elsie réfléchit un instant.

— Donc, en 1857, résuma-t-elle, le fils assassine ses parents, dissimule les corps, hérite et émigre. Il change de nom et de vie, devient Jacques Laclau et s'installe à Londres où il tente d'intégrer la communauté scientifique. Pourtant, il ne convainc pas ses pairs, ne produit aucun diplôme et n'est pas admis parmi eux. Il décide de se venger, devient un lépidoptérophile reconnu, à défaut d'être un lépidoptériste distingué. Toutefois, pour la réalisation de son plan, il a besoin d'argent...

— Il repère des gens comme lui, reprit Stuart, des tueurs, issue de la bonne société de préférence, et commence à les faire chanter grâce aux maisons ou, comme l'a suggéré Édouard, il fonde un club.

— Je crois qu'Édouard a raison, continua Elsie, il fonde un club. Il n'avait pas besoin de la maison au fox-terrier pour faire chanter les autres...

Stuart acquiesça.

— Il fonde un club d'assassins, confirma-t-il. Je te montre la maison de mon crime, tu me montres la tienne et, ainsi, nous sommes liés. Si tu parles, je parle.

Elsie se mordait les lèvres. Elle n'aimait pas ces plongées dans les pensées des criminels.

La voiture ralentit et se gara non loin d'une ruine.

— Nous allons bien voir, si nous avons raison, conclut Stuart.

Ils descendirent de la voiture. Stuart et Elsie prirent la direction de la maison en ruine, bientôt suivis par le garde champêtre. Les murs de pierres étaient encore debout, mais la végétation avait tout envahi et une partie du toit s'était écroulée.

Elsie entra la première, consciente qu'un sol aussi accidenté était un piège pour Stuart. Elle n'hésita pas. La miniature était la reproduction exacte de la maison des Callau. Elle s'approcha du mur où devaient reposer les restes des parents de Jacques Laclau et n'eut même pas à creuser. Là, au bas d'un mur effondré, un crâne blanc la contemplait de ses orbites vides.

CHAPITRE IX

Hugh Hobbes avait agi vite et fort. Il n'avait laissé aucune chance à la sorcière d'utiliser ses potions contre lui, l'inspecteur ou un autre agent.

Quand le majordome avait ouvert la porte de la maison de Jacques Laclau, il s'était précipité, avait dévalé l'escalier menant à la cuisine, avait enfoncé la porte et abattu sa matraque sur l'avant-bras de la mégère, qui plongeait déjà sa main gantée dans un pot de poudre noire. Le récipient s'était fracassé au sol, le poison s'échappant en un nuage nauséabond. Hugh avait retenu sa respiration, tout en empoignant l'empoisonneuse par la ceinture et l'avait traînée à l'étage, recevant au passage une bonne dizaine de malédictions diverses. Il irait demander au Père O'Brien de le bénir… Le curé de Whitechapel saurait quoi faire des maléfices. *Avec les sorcières, on ne sait jamais, mieux vaut s'en remettre au Seigneur…*

Mary Porter éructait de rage. Là, menottée, assise dans l'une des salles d'interrogatoire de Scotland Yard, elle crachait au sol sans discontinuer. Percival l'observait en silence, dans un coin de la salle, pendant que Hugh frappait sa matraque contre la paume de sa main dans l'autre angle.

— Très intéressant votre registre des poisons, Madame Porter, débuta Percival. Je ne m'attendais pas à autant d'ordre de la part d'une empoisonneuse.

Mary Porter s'assombrit, puis cracha. Elle avait remarqué que ce geste indisposait l'inspecteur, bien qu'il tentât de ne rien en laisser paraître. Hugh gronda dans son angle, ce qui ramena l'empoisonneuse à un peu plus de civilité.

— D'après votre registre, vous avez commencé votre carrière d'empoisonneuse professionnelle en janvier 1868 en supprimant votre employeur, Monsieur James Woodbury, grâce à l'une de vos spécialités « la poudre des veuves ». D'après vos notes, il s'agit d'un mélange à base d'arsenic… Rien de très original, si vous voulez mon avis.

Percival avait bien observé la criminelle et avait décidé de jouer sur son orgueil. Cette femme, fruste et cruelle, avait trouvé un domaine, dans lequel des personnes bien nées venaient lui demander conseil. Elle en tirait une gloire personnelle, qui expliquait la longévité de sa pratique. Elle créait des poisons que la classe moyenne et la bonne société venaient acquérir à grands frais dans l'arrière-cuisine de la maison de Jacques Laclau. Quarante-huit ventes étaient répertoriées dans les livres comptables de la sorcière. Quarante-huit assassins qu'il allait devoir appréhender…

— Vendre de l'arsenic à prix d'or, tout cela parce que vous l'avez baptisé « la poudre des veuves » ne me paraît pas très sérieux…

Percival prit un air pédant et blasé, qui fit bouillir Mary Porter, mais elle parvint tout de même à se contenir.

Hugh observait l'inspecteur avec intérêt. Il appréciait les chemins tortueux que Percival Montgomery prenait pour interroger cette suspecte. *Il est doué… M'étonne pas que Stuart l'apprécie…*

— D'après votre livre, cette poudre a été vendue dix fois… Un grand classique. Voyons si vous avez fait preuve d'un peu plus d'originalité par la suite…

Percival tournait les pages du livre avec application et en portant d'épais gants… Avec une empoisonneuse, il fallait se montrer prudent.

— « La poudre de Lucifer », une autre de vos spécialités, j'ai compté sept ventes au total… Qu'y a-t-il donc dans cette décoction ? se demanda Percival en feuilletant le grimoire qu'il avait trouvé au même endroit que le livre comptable.

Ces deux ouvrages étaient une bénédiction pour les enquêteurs. Perceval avait fouillé la chambre de Mary Porter. À sa grande surprise, il avait trouvé deux grands cahiers en cuir, dont le premier était un livre de comptes avec tous les détails des transactions - le nom du poison vendu, la date de la vente, son montant, le nom des acheteurs, le nom de la victime potentielle et, parfois, la description des effets du poison - et le second était le grimoire de Mary Porter. Elle y notait toutes ses recettes, les poisons utilisés, les proportions, les effets attendus et ceux observés… Bref, la culpabilité de Mary Porter serait facile à établir, quant à ses clients, les enquêtes seraient un peu plus difficiles, mais le temps était l'allié des policiers. Tôt ou tard, ils trouveraient.

— Du phosphore… Effectivement, le nom vient de *phosphoros* en grec, qui signifie « porteur de lumière »… tout comme *Lucifer* signifie « porteur de lumière » en latin… Félicitations, vous avez quelques lettres… En revanche, l'utilisation du phosphore n'est pas vraiment discrète et je m'étonne que vos clients aient accepté de payer une telle somme pour un poison aussi repérable…

Mary Porter bouillait de rage. Elle, la grande maîtresse des potions de mort, ne pouvait supporter de voir son art tourné en dérision par ce ridicule roquet. Que n'était-elle dans sa cuisine, au milieu de ses potions ! Elle aurait tôt fait de réduire au silence cet impertinent !

— Ensuite, continua Perceval avec ennui, nous avons « la poudre de mort foudroyante », qui est faite avec… du cyanure… Non vraiment, Madame, je suis déçu ! Aucune originalité ! Aucune connaissance spécifique ! Que du tout-venant ! Arsenic, phosphore, cyanure ! Mis à part les noms de vos poudres, vous n'êtes qu'une empoisonneuse de bas étage !

Mary Porter explosa. Elle bondit en direction de

l'inspecteur, toutes griffes dehors. Malgré les menottes qui liaient ses poignets, elle tenta d'atteindre le cou de Percival. Elle rencontra Hugh sur sa route, qui la saisit par les menottes et le cou, puis la rassit sur sa chaise.

— Misérable ! Comment oses-tu te moquer de mon art ? J'en ai empoisonné des plus malins que toi ! Ah ça oui ! Dès qu'ils venaient rôder autour de mon officine, ils crevaient comme des rats, en se tortillant comme les vers qui allaient bientôt les bouffer !

Mary Porter était écarlate de rage. De forte corpulence, elle avait peine à reprendre son souffle.

— Donc vous avouez avoir empoisonné des agents de police… commenta Percival. Nous vérifierons les disparitions d'agents dans le quartier de 1868 à nos jours… Toutefois, avec ce que nous avons déjà contre vous, c'est la corde qui vous attend sous peu. Pourtant, vous pourriez peut-être sauver votre tête, si vous collaboriez avec nous…

Mary Porter fusilla du regard Percival. Elle n'avait pas du tout l'intention de collaborer de quelque manière que ce fût.

— Et si vous me parliez de Jacques Laclau ?

Pas de réponse.

— Du Docteur John Randall ?

Elle se renfrogna.

— De Madame Virginia Claymore ?

Elle inspira par le nez en serrant les lèvres. Ses yeux s'ouvraient malgré elle.

— De son nouvel époux alors, Monsieur Harry Claymore, vous savez le frère du premier mari de Madame Virginia Claymore. Un couple charmant qui vous a acheté de « La poudre de Lucifer » pour se débarrasser de leur époux et frère en 1881.

Un tremblement s'empara des mains de Mary Porter.

— Et Madame Bérénice Jones ? Vous vous souvenez cette infanticide qui a empoisonné son frère grâce à l'une de vos « poudres des veuves »…

Percival s'assit soudain en face de Mary Porter et porta le coup de grâce.

— Nous savons pour votre club… Les miniatures… Tout. Votre maître va être traîné dans la boue…

— Cette imbécile de Bérénice Jones ! cracha Mary Porter. C'est elle qui a parlé ! Bien sûr que c'est elle ! Étrangler ses propres enfants à la naissance et elle se croit digne de notre club !

Ses propres enfants... Il n'y en a pas qu'un... Percival sourit. *Édouard avait raison.*

— Elle a tout de même empoisonné son frère…

Mary Porter haussa les épaules.

— Parce qu'elle ne pouvait plus payer la cotisation ! Il a même fallu que je lui fasse crédit jusqu'à ce qu'elle hérite. Une geigneuse, stupide, incapable, voilà ce qu'elle est !

— C'est Jacques Laclau qui vous a convaincue, n'est-ce pas ? Il faut se serrer les coudes entre membres d'un club !

Mary Porter souffla de contrariété.

— C'est ce qu'il a dit ! Les membres d'un club doivent être solidaires… Solidaires avec les minables, oui !

— C'est sûr que, pour votre part, vous avez fait honneur au club !

Une cinquantaine de morts... On peut le dire... songea Percival.

Mary Porter observa l'inspecteur un instant. Elle semblait réfléchir, ce qui n'était pas un exercice aisé pour elle.

— C'est vrai, j'ai fait honneur, finit-elle par avouer. Le maître m'avait remarquée, il m'a donné une place quand plus personne ne voulait m'embaucher, il a été bon pour moi. Alors j'ai fait honneur !

Percival scruta la femme en face de lui. *Aucune compassion, des notions d'honneur et de loyauté totalement déviantes... Un profil criminel irrécupérable.* Il eut soudain un haut-le-cœur.

— Emmenez-la, j'ai mon compte pour aujourd'hui.

Hugh fronça les sourcils. Il jeta un coup d'œil à l'inspecteur. Percival était un peu pâle. L'interrogatoire l'avait usé. Le bobby s'empara du bras de Mary Porter et l'entraîna loin de celui qui l'avait confondue.

Percival rangea les deux livres de l'empoisonneuse dans une caisse en bois, puis ôta ses gants. Il se frotta le visage de ses deux mains. Il était tard, il allait rentrer chez lui et il espérait que Willow serait encore réveillée pour lui parler des robes et des rubans qu'elle aimait tant.

Dimanche 19 juillet 1891

Le procureur Muir était de mauvaise humeur. L'horreur de la découverte de la comptabilité de cette empoisonneuse, qui avait contribué à assassiner une cinquantaine de personnes, était remontée jusqu'au Lord chancelier[9], Sir Hardinge Stanley Giffard, Ier comte de Halsbury. Le procureur avait été convoqué à la première heure et le ministre n'y était pas allé par quatre chemins : pourquoi n'avait-il pas été informé de cette terrible affaire ? Le procureur Muir avait eu beau arguer que, de prime abord, rien ne laissait présager l'ampleur des crimes perpétrés et que tout était parti de l'assassinat d'un lépidoptérophile, Sir Giffard s'était assombri. Il avait écouté avec attention et une pointe de stupeur l'histoire des miniatures, avait grimacé à l'évocation de l'engagement de l'agence Worthington & Spencer en tant que détectives conseils, avant de se redresser, prêt à prononcer des condamnations à mort contre tous ceux qui lui déplairaient. Il s'était alors tourné vers le procureur Muir et avait exigé d'être informé heure après heure des développements de cette enquête. Après l'affaire des nécromanciens[10] le mois précédent, il

[9] Ministre de la Justice.

[10] *Esprits tueurs. Worthington & Spencer, détectives privés*, 2019.

exigeait de savoir tout ce qu'il se passait au cœur de Londres, sous les fenêtres mêmes de son ministère. Le procureur Muir avait toutefois retiré un avantage de cette entrevue houleuse. Il avait carte blanche pour faire arrêter qui il voulait, faire fouiller ce qu'il voulait et, si quelqu'un osait retarder l'enquête de quelque façon que ce fût, il devait en référer à l'instant au Lord chancelier. Cette sordide affaire s'étendait à la bonne société londonienne, soit. La justice de la reine passerait aussi dans cette classe sociale.

Le procureur Muir rejoignait en toute hâte Scotland Yard où il devait rencontrer les inspecteurs Montgomery et Needham. Il n'avait pas eu de nouvelles des détectives privés, mais espérait que leur escapade française avait été fructueuse. Il fallait qu'ils appréhendassent tous les membres de ce club dans la journée, sinon certains parviendraient à fuir sans laisser de traces. Le procureur attendit à peine que sa voiture ralentît avant de sauter hors du véhicule, se précipitant dans le quartier général de la police métropolitaine à la recherche de ses alliés.

Il s'engouffra dans le bâtiment, se surprenant lui-même de sa connaissance des lieux. Pourtant, l'immeuble était grand et labyrinthique mais, à force de venir, il savait où aller pour trouver ces épouvantables miniatures. Il toqua à la porte de l'inspecteur Montgomery, qui pivota presque aussitôt sur un géant brun en habit de bobby. Il avait déjà vu cet homme dans la cave des nécromanciens. Manifestement, cet agent servait de bras armé à l'inspecteur Montgomery. *Il faudrait peut-être que je m'adjoigne les services d'un homme comme celui-ci…*

— Monsieur le procureur ! tonna Hugh. Entrez, je vous en prie !

Sir Connor Muir ne se fit pas prier et eut le soulagement de trouver Stuart, Elsie et les deux inspecteurs en grande discussion. Les deux détectives avaient de lourds cernes sous les yeux et n'avaient pas dû dormir de la nuit.

— Monsieur Spencer, Miss Worthington, je suis heureux de vous voir de retour parmi nous ! Nous allons devoir agir vite, car je sors du bureau de Monsieur le Lord chancelier et dire qu'il exige des résultats sur l'heure est un euphémisme.

Stuart acquiesça. Si les hommes politiques se mêlaient de l'enquête, la situation allait sous peu devenir inconfortable. Il s'assit sur une chaise, dépliant sa jambe avec précaution, et les autres le rejoignirent formant un cercle au milieu du bureau de Percival.

— Commençons par le commencement, entama Stuart. Jacques Laclau s'appelait en réalité Reynald Callau, né le 19 septembre 1839 à Honfleur en France, fils de Joséphine Brun, épouse Callau, et de Robert Callau, tous deux manœuvriers au port d'Honfleur. De braves et honnêtes gens, selon tous ceux que nous avons pu interroger, mais de pauvres gens, ce que le fils n'a jamais accepté. Sous prétexte d'études, Reynald Callau a gagné Paris où il a vécu trois ans pour faire son lycée et obtenir son baccalauréat, qu'il n'a jamais réussi. Rongé de jalousie et gonflé d'un orgueil sans pareil, Reynald décida de recommencer sa vie ailleurs avec les quelques économies que ses parents avaient faites.

— Nous ignorons si Reynald avait décidé de supprimer ses parents ou si, dans un premier temps, il voulait juste leur demander de l'argent, reprit Elsie, mais, en 1857, il assassina ses parents, emmura les corps, massacra le chien et s'enfuit avec les économies de la famille. Le garde champêtre de l'époque a mené une enquête sérieuse. Son fils et successeur dans le poste s'est souvenu de l'émoi de son père, lorsqu'il était rentré le soir, après la découverte de la disparition des Callau. Cet homme était certain de la culpabilité du fils. Le jeune homme était ambitieux, orgueilleux, honteux de ses origines modestes, paresseux et pas aussi intelligent qu'il voulait bien l'affirmer.

— Une fripouille, quoi, ronchonna Hugh.

— Une fripouille parricide et matricide, développa Stuart, ce qui fait une différence avec le commun des mortels. Entre 1857 et 1858, Jacques Laclau s'installa en Angleterre où il se fit passer pour un étudiant français, lépidoptériste selon ses dires. Toutefois, les universitaires britanniques exigeaient des preuves, des diplômes que, bien évidemment, il était dans l'impossibilité de produire. Pourtant, Jacques Laclau avait tué, il se sentait supérieur aux autres et décida de donner une leçon à ces savants trop suspicieux à son goût.

— Nous pensons qu'il a créé la première maison, celle au fox-terrier, à cette époque-là, compléta Elsie, comme un souvenir de sa supériorité sur les autres, ceux dont la morale les empêchait d'aller jusqu'au crime pour obtenir ce qu'ils voulaient... En parallèle, à force d'insistance, Jacques Laclau intégra le cercle des lépidoptérophiles de Londres, ce qui n'était qu'un pis-aller pour lui.

— En 1861, intervint l'inspecteur Needham, il rencontra Monsieur Albert Jones, un lépidoptériste diplômé, mais qui l'accepta comme un pair du fait de ses connaissances. Les deux hommes devinrent amis. Nous pouvons imaginer qu'il fit la connaissance peu de temps après de Miss Bérénice Jones, la sœur aînée d'Albert, qui vivait avec son frère.

— Puis, en 1868, s'insinua Percival, il engagea Mary Porter comme cuisinière. Nous ignorons quand et comment le club de tueurs a été fondé, mais cette association d'assassins existait en 1868 puisque, dès l'engagement de Mary Porter, il la fit entrer dans son club.

Le procureur hocha la tête, plongé dans ses réflexions. Les pièces du puzzle s'assemblaient peu à peu.

— Très bien, conclut-il. Par conséquent, au fil du temps, Jacques Laclau a repéré des tueurs qui, comme lui, avaient été assez habiles pour échapper à la Justice. Il a fondé son club de tueurs entre 1858 et 1868, puis, dans un ordre quelconque, il y a intégré Miss Bérénice Jones, Madame Mary Porter, le Docteur John Randall, les Claymore et

Monsieur Bartholomew Davies… Avons-nous progressé sur l'identité des créateurs des maisons de l'époux infidèle ou de Jacques Laclau ?

— Non, Monsieur le procureur, répondit Percival, pour le moment, nous ignorons l'identité de ces personnes.

Le procureur soupira. La perfection n'était pas de ce monde…

— Bien, il est temps d'arrêter tous ceux que nous avons identifiés, de les mettre en garde à vue et de fouiller leurs maisons à la recherche d'éventuels restes de leurs victimes connues ou inconnues…

Stuart, Elsie et les trois policiers acquiescèrent de concert, il était temps de lever le voile sur l'étendue des crimes commis par ce club d'assassins.

Bartholomew Davies reçut la visite inopportune de l'inspecteur Percival Montgomery en fin de matinée. Il opposa la plus vive contestation à son arrestation et n'eut de cesse que de menacer et d'offenser les policiers présents. Loin de s'émouvoir, Percival Montgomery poursuivit ses investigations comme si de rien n'était.

— Je vous briserai, hurlait Bartholomew Davies. Je vais faire intervenir le Lord chancelier en personne ! Votre carrière est finie !

— Faites comme bon vous semble, lui répondit avec calme l'inspecteur. Toutefois, vous risquez d'être déçu puisque nous agissons sous le contrôle direct de Monsieur le Lord chancelier. Sir Hardinge Giffard a exigé que nous lui fassions connaître les noms de tous ceux qui voudraient s'opposer à cette enquête. Il sera heureux d'apprendre que vous vous proposez de le faire intervenir lui-même pour étouffer cette affaire.

Bartholomew Davies accusa le coup un instant, puis se reprit. Ce sombre gratte-papier de bas étage ne pouvait que mentir !

— J'exige de pouvoir appeler le Lord chancelier ! hurla-t-il.

Percival sourit. Compte tenu de l'état de contrariété de Sir Hardinge Giffard le matin même, il ne doutait pas que la scène vaudrait la peine d'être vue. Il conduisit lui-même le suspect jusqu'au téléphone, dont il disposait dans le hall d'entrée, et attendit avec intérêt. La conversation fut courte, des plus tranchantes et, au bout de quelques secondes, un Bartholomew Davies au teint verdâtre lui tendit le combiné. Percival ne s'attendait certes pas à cela.

— Monsieur le Lord chancelier ? osa-t-il d'une voix moins assurée qu'il ne l'aurait voulu.

— En personne, répondit une voix de stentor à l'autre bout de la ligne. Avez-vous trouvé le corps de cette pauvre femme, Monsieur l'inspecteur ?

— Nous fouillons la cave décrite dans la miniature, mais l'opération prend plus de temps que prévu, cette pièce était encombrée jusqu'au plafond.

— Faites vider et creusez ! Il nous faut ce corps !

— Oui, Monsieur le Lord chancelier. Dois-je vous appeler dès…

— À l'instant même où vous trouverez le premier os, quelle que soit l'heure, je veux que vous appeliez.

— Bien, Monsieur le Lord chancelier.

— Ne vous laissez pas impressionner par leurs menaces, Monsieur l'inspecteur, ajouta le ministre d'une voix plus calme. Nul n'est au-dessus des lois de notre souveraine.

— Oui, Monsieur le Lord chancelier.

Percival entendit une tonalité neutre, Sir Hardinge Giffard avait raccroché. Il confia le prisonnier à deux bobbies et descendit à la cave pour surveiller les opérations de fouilles.

Les agents avaient entassé pêle-mêle dans le couloir des malles, des caisses, des bouteilles, des stères de bois et tout ce qui avait rempli la cave, puis ils avaient creusé le sol. Les pioches s'enfonçaient dans la terre tassée à un rythme régulier. Si la logique de cette affaire était conservée, ils trouveraient d'ici peu les restes du corps de Madame Roberta Davies. Toutefois, ils devaient veiller à ne pas endommager ce qu'il restait de la malheureuse.

— Essayez de ne pas abîmer le squelette, Messieurs, conseilla Percival. Il faut que nous conservions ce qui reste de cette pauvre femme dans le meilleur état possible, pour que les médecins légistes aient une chance de nous dire de quoi elle est morte.

Les hommes hochèrent la tête et reprirent leur tâche avec attention. Au fur et à mesure que certains agents rendaient la terre plus meuble, d'autres la retournaient à la main à la recherche d'ossements.

— Là ! s'écria un bobby.

Il montrait un bout d'os terreux qui voyait la lumière du jour pour la première fois depuis de nombreuses années. Percival se pencha sur la découverte. Il n'était certes pas expert en ossements, mais il pouvait affirmer une chose : il ne s'agissait pas du squelette d'une souris.

☙ ◆ ❧

Les Claymore avaient donné du fil à retordre à l'inspecteur Needham. Toutefois, le policier s'était montré inflexible, incorruptible et pas impressionnable pour deux shillings. L'affaire avait été rondement menée et les amants assassins s'étaient retrouvés à Scotland Yard en salle d'interrogatoire en moins de temps qu'il n'en fallait pour le dire. Pourtant, le couple n'était pas prêt à rendre les armes et, chacun de leur côté, ils résistaient à l'enquêteur. Non, ils n'avaient rien à voir avec Jacques Laclau. Non, ils ne le connaissaient pas. Non, ils ne connaissaient pas plus Madame Mary Porter. Non, ils n'avaient jamais acheté un poison à une quelconque sorcière en 1881. Non, Monsieur

Samuel Claymore n'était pas mort empoisonné, mais de mort naturelle. Non, ils ne connaissaient pas davantage le Docteur John Randall, ni Bérénice Jones, ni qui que ce fût d'autre ! Le Docteur John Randall avait été le médecin en charge de délivrer le permis d'inhumer leur frère et leur mari défunt ? Et alors ? L'inspecteur croyait-il que ce genre de détails les préoccupait ? Etc., etc., etc…

L'inspecteur Needham sortit exténué de ces deux interrogatoires. Il n'était arrivé nulle part avec ces deux suspects, mais ne s'en étonnait pas. La maison des amants assassins était très détaillée, ce qui démontrait de la part de ses créateurs un souci de la précision. Cette minutie les avait poussés à prévoir les réponses à donner si, un jour, ils étaient interrogés sur le meurtre de leur frère et époux. *Peut-être que les autres auront une idée pour les confondre…* Il s'épongea le front et se versa une tasse de thé. Il l'avait bien mérité.

ଔ ◆ ଓ

Au même moment, Stuart, Elsie et Hugh se présentaient chez Bérénice Jones. Hugh avait insisté pour accompagner Stuart et Elsie. Il était conscient qu'un autre bobby aurait pu se charger de l'arrestation, mais il voulait voir de ses yeux une infanticide. *Une femme capable d'étrangler ses propres enfants peu après leur avoir donné la vie.* Hugh n'avait jamais été confronté à ce genre de monstre auparavant et, au vu de la miniature, cette Bérénice Jones devait être grande et hommasse. La figurine qui la représentait n'était-elle pas bien plus grande que tout le reste dans cette satanée maison ? Hugh s'apprêtait à une lutte féroce pour appréhender cette criminelle contre nature, quand la porte de l'appartement s'ouvrit sur une femme dans la cinquantaine, frêle et pâle.

— Madame Bérénice Jones, demanda Stuart.

— Oui, Monsieur, c'est moi. À qui ai-je l'honneur ?

La voix était faible et un peu geignarde. Elsie comprit pourquoi Mary Porter ne supportait pas cette femme. Elle sentait en son for intérieur qu'elle n'allait pas tarder à la détester elle aussi… pour d'autres raisons que l'empoisonneuse. Hugh, quant à lui, resta sonné sur le palier. *C'est ça le monstre ?*

— Madame, reprit Stuart, j'ai l'honneur de vous informer qu'en tant que détectives conseils, attachés à la police métropolitaine de Londres, et avec l'assistance de l'agent Hobbes, ici présent, nous avons reçu l'ordre de procéder à votre interpellation dans le cadre d'une enquête sur une série d'infanticides et du meurtre de votre frère, Monsieur Albert Jones.

La femme ne broncha même pas. Elle se laissa arrêter et jeta juste un dernier regard à son appartement avant de suivre les trois enquêteurs.

Percival n'était pas à l'aise, face à cette femme éteinte, froide, silencieuse. Avec son châle sur les épaules et ses cheveux gris réunis en un strict chignon, Miss Bérénice Jones avait tout de la bonne dame patronnesse, mais il n'en était rien.

— Comme vous le savez, Madame, la mort de Jacques Laclau a révélé au grand jour l'existence du club d'assassins qu'il avait fondé.

Elle porta son attention sur l'inspecteur, mais aucune émotion ne traversa son visage.

— Nous avons trouvé votre maison miniature et nous savons que l'infanticide qui y est décrit n'est pas le seul dont vous vous êtes rendue coupable.

Elle ricana, ce qui déstabilisa Percival. Il tourna son regard vers Stuart. Le détective avait accepté de l'accompagner dans la fosse aux lions - ou plutôt à la lionne -, ne sachant trop à quoi s'attendre avec une telle suspecte. Stuart s'avança. Il voyait bien que Percival était trop jeune et trop tendre pour ce genre d'adversaire. Ils échangèrent leur place à la grande indifférence de Bérénice Jones.

— Vous tentez votre chance, Monsieur le détective ?

Stuart sourit et regarda Bérénice Jones dans les yeux. Il n'aima pas ce qu'il y vit ou, plutôt, ce qu'il n'y vit pas. *Elle est vide. Aucune émotion. Ni peur, ni soulagement, ni incompréhension. Juste de l'indifférence et de l'orgueil.*

— En vérité, Monsieur l'inspecteur fait montre de trop de civilités à votre égard, attaqua-t-il. Il vous donne une chance de vous expliquer. Pour ma part, il m'est bien indifférent d'entendre vos explications. Je devine assez ce qu'il s'est passé.

Bérénice Jones sourit soudain. Ce sourire était plein de défi et de haine mêlés.

— Je vous écoute, Monsieur, puisque vous savez tout.

Stuart observa avec attention la femme en face de lui. Un long moment. Un moment assez long pour la mettre mal à l'aise.

— Vous n'êtes pas très jolie, conclut-il. Vous ne l'étiez pas davantage dans votre jeunesse. Vous n'étiez ni riche, ni intelligente. Une médiocre pour résumer.

Percival en resta soufflé. Il n'avait jamais vu Stuart sous ce jour. Le détective était toujours d'une indéfectible courtoisie avec les dames, il avait un côté preux chevalier que le policier lui enviait. Selon lui, Stuart aurait affronté le Diable en personne pour secourir une dame… *Mais ce n'est pas une dame. Cette femme n'a rien de respectable… C'est un monstre cruel et destructeur.*

— Vous avez peut-être fait une ou deux saisons avant de vous rendre compte que personne ne voulait de vous…

Stuart s'arrêta un instant.

— Je rectifie, asséna-t-il après réflexion. Que personne ne voulait de vous pour épouse. Pour la bagatelle, il en allait autrement. Votre manque d'intelligence, de lucidité ou de vertu - choisissez ce qui vous agrée - vous a menée à votre propre perte. Vous êtes tombée enceinte. Mais, à la différence de la majorité des femmes, vous avez immédiatement détesté ce pauvre enfant.

Les traits de Bérénice Jones se durcirent.

— Il vous dégoûtait. Vous haïssiez cet être qui grandissait en vous et qui n'était que la preuve de votre propre perdition. Alors, vous l'avez tué. À la naissance. À peine apparu, déjà disparu. Et vous avez recommencé. Encore et encore, jusqu'à ce que fanée par votre propre dépravation, plus personne n'ait envie de vous.

Stuart laissa ses paroles agir. Il savait que la carapace d'indifférence de Bérénice Jones se fracturait sous ses coups, mais il était loin d'en avoir fini. Lui, l'enfant illégitime mais pourtant aimé, adoré par sa mère, ne ressentait que de l'horreur pour la créature froide et immobile qui le toisait.

— C'est alors que vous avez fait la grande rencontre de votre vie : Jacques Laclau. Intelligent, sournois, malveillant, autoritaire et manipulateur, il avait tout pour vous plaire. Vous l'infanticide, celle qui serait rejetée par tous à la moindre révélation de votre cruel secret, lui vous distinguait. Il avait vu clair en vous, une tueuse sans merci. Il vous voulait dans son club et vous avez fait sa petite maison, bien vide, bien simple, où rien n'avait d'intérêt en dehors de vous ! Grande, puissante, imposante, vous étrangliez un pauvre poupon sans défense, qui ne demandait qu'une chose en venant au monde : être aimé par sa mère. Vous avez fait sa petite maison et, comme vous n'êtes pas très intelligente, vous avez compris trop tard que le piège s'était refermé sur vous. IL NE VOUS AIMAIT PAS LUI NON PLUS. Et vous avez dû payer. Année après année. Vous avez payé pour que votre abominable secret ne soit pas révélé. C'était cher. Vous avez dépensé jusqu'à votre dernier penny et vous l'avez supplié de vous faire crédit, mais il était inflexible. Lui aussi avait des frais pour ses papillons.

Une larme roula sur la joue de Bérénice, mais elle

demeura immobile. Stuart endurcit son âme. *Pas de pitié pour les assassins.*

— Alors il vous a donné la solution, à moins que la proposition ne soit venue de vous : empoisonner votre frère pour hériter et continuer à payer. Vous avez donc acheté une portion de la fameuse « poudre des veuves » de Mary Porter. Quelle ironie, vous qui n'avez jamais été mariée, vous avez utilisé la « poudre des veuves » sur votre frère. Votre imbécile de frère qui avait eu pitié de vous et vous avait recueillie pour veiller sur vous... Pauvre homme... Mais, une fois de plus, votre manque d'intelligence a joué contre vous. Sans votre frère, qui était le seul à gagner sa vie dans votre ménage fraternel, les ressources se sont peu à peu taries et, quinze ans après avoir assassiné cet homme, vous vous retrouviez dans la même situation. Vous deviez payer les droits annuels du club des assassins, mais vous ne pouviez pas. Voici ma seule question : avez-vous finalement tué Jacques Laclau pour faire cesser son chantage ?

Percival avait le tournis. Comment Stuart avait-il pu reconstituer tous ces éléments par déduction ? Bien sûr, il avait disposé des mêmes informations, mais l'ensemble lui était resté fort flou. *Parce que tu ne penses pas comme un tueur. Stuart a cette capacité de se glisser en eux et de comprendre comment ils agissent...*

— Non.

La voix avait été ferme. Bérénice Jones avait repris le dessus et toisait de nouveau le détective qui l'avait si bien décrite.

— Merci, Madame, c'était la seule chose que j'ignorais.

Stuart se leva, quand Bérénice saisit son poignet et s'accrocha à lui.

— Comment ?

Percival s'approchait pour aider Stuart à se libérer de cette prise, mais le détective lui fit signe de rester en arrière.

— Comment quoi, Madame ?

— Comment avez-vous fait ? Je ne vous connais pas. Vous ne me connaissez pas. Comment ?

Stuart eut un sourire froid.

— Croyez-vous être un modèle unique, Madame ? L'orgueil des assassins. Vous êtes bien tous les mêmes. Persuadés de valoir mieux que les autres, pourris par la jalousie et la haine, méprisants, vindicatifs, sans aucune once de compassion ou d'amour. Vous êtes la lie de ce monde. Et, pour répondre à votre question, j'ai étudié assez de meurtriers dans ma vie pour comprendre le cheminement malsain de vos pensées déviantes. Je vous souhaite une bonne journée, Madame.

Stuart libéra son poignet d'un coup sec et sortit. Il avait hâte de retrouver une femme digne de ce nom, une femme dont le regard ne portait qu'affection et bienveillance. Il avait hâte de retrouver Isadora où qu'elle fût. *Isadora...*

À peine fut-il dans le couloir qu'une main se posait sur son avant-bras. Encore plongé dans l'horreur de ce qu'il venait de décrire, Stuart faillit réagir avec violence. Les tueurs le plongeaient toujours dans un état de rage peu civil.

— Allez-vous bien, Stuart ? demanda Elsie, la voix un peu brisée par l'émotion.

Stuart regarda sa cousine. Au fond de ses grands yeux noisette, il n'y avait que de la compassion, de l'amour et de l'inquiétude. *Tu as de la chance d'être entouré par ce genre de femmes... Maman, grand-tante Doris, Elsie, Victoria, Cathy... Les femmes de ta famille sont des anges...*

— Ça va, Elsie, dit-il avec calme. Ne vous inquiétez pas pour moi.

Stuart posa sa main sur celle de sa cousine et la tapota avec douceur. Elle était plus choquée que lui.

— C'était horrible... murmura-t-elle.

— Oui, confirma-t-il. C'était horrible et nous n'avons pas fini.

ଓ ♦ ଛ

Les interrogatoires avaient été longs et éprouvants. Les enquêteurs avaient besoin de sortir des murs de Scotland Yard. Ils y étouffaient. Stuart proposa une réunion à l'agence, où ils pourraient parler en toute liberté, sans crainte que leurs paroles ne fussent surprises. Ils se dirigèrent tous les quatre vers l'agence.

L'inspecteur Needham cheminait devant avec Stuart, pendant qu'Elsie et Percival fermaient la marche. Stuart avait hésité un instant à louer un cab, mais la soirée était belle et l'air frais leur ferait du bien. Il sut gré à l'inspecteur Needham de lui épargner une conversation liée à l'affaire des miniatures. David Needham préféra aborder une question qui lui était chère : le cricket. L'évocation de ce sport si typiquement britannique plut à Stuart qui se changea les idées le temps du trajet vers l'agence.

En revanche, à l'arrière, Percival et Elsie évoquaient leur malaise face à la perversité des assassins réunis dans le terrible club de Jacques Laclau. Les deux jeunes enquêteurs avaient été ébranlés par la reconstitution pleine de cruauté et de cynisme faite par Stuart quelques heures auparavant. À l'issue de cet odieux monologue, Percival avait repris l'interrogatoire et Bérénice Jones avait tout avoué. Tout et même plus. Les trois infanticides. L'empoisonnement d'Albert Jones. L'assassinat d'une bonne qui avait trop plu à son frère. La tentative de meurtre sur une vieille tante avant d'apprendre qu'elle ne lui laissait rien par testament. Tout, et bien trop pour la jeune âme de l'inspecteur Montgomery.

— Il faut que je m'endurcisse, conclut-il.

Elsie haussa les épaules.

— Je pense que cela vient avec le temps…

Ils regardèrent tous deux en direction de Stuart et soupirèrent. Ils avaient bien le temps de s'endurcir.

Cette promenade leur avait fait du bien. Ils décidèrent de dîner ensemble avant d'entamer la synthèse de la journée qui venait de s'écouler. Stuart installa les convives dans son bureau, prépara du thé, pendant qu'Elsie descendait une miche de pain frais, du lait, du fromage et des pommes. Le repas fut frugal, mais sembla proche de la perfection aux yeux des convives. Aucun d'eux n'avait de toute façon beaucoup d'appétit ce soir-là. Le temps était venu de replonger dans les noirceurs de l'âme humaine.

— Nous pouvons considérer pour acquise l'hypothèse d'Édouard, il y a bien eu un club d'assassins à Londres, entama Elsie. Pour y entrer, il fallait décrire l'un de ses crimes dans une maison miniature, qui servait tout autant de preuve de culpabilité que de moyen de chantage pour obliger les membres à s'acquitter des cotisations annuelles.

Stuart sortit son carnet.

— Si nous faisons le point par ordre chronologique, nous trouvons en 1857 la maison au fox-terrier : Jacques Laclau la réalise lui-même et décrit l'assassinat de ses parents et du chien de la famille. Puis, nous avons la maison de l'ogresse en 1862, créée par Miss Bérénice Jones, qui y décrit l'un de ses trois infanticides. La dame a avoué entre autres l'assassinat de son frère, d'une bonne et la tentative de meurtre sur l'une de ses tantes.

— Ensuite, continua Percival, nous avons la maison de l'empoisonneuse en 1868 : Mary Porter y reconnaît l'assassinat de l'un de ses employeurs et a avoué les meurtres antérieurs de trois autres maîtres, toujours dans l'espoir de toucher des sommes d'argent, puis la vente de quarante-huit poisons depuis 1868, sans compter la disparition de deux enquêteurs et l'empoisonnement des deux bobbies surveillant votre agence. Ensuite, nous retrouvons la maison du médecin assassin réalisée par le Docteur John Randall en 1877, l'année de l'enquête ordinale diligentée contre lui et du témoignage en sa faveur de Jacques Laclau.

— Après, poursuivit David Needham, nous avons la maison des amants assassins en 1881 : Virginia et Harry Claymore ont acheté de « la poudre de Lucifer » à Mary Porter pour se débarrasser de Monsieur Samuel Claymore. Bien qu'ils n'aient rien avoué, nous avons le livre de comptes de Mary Porter qui détaille cet achat, ainsi que le permis d'inhumation délivré par le Docteur John Randall, peu avant son suicide.

— Enfin, finit Elsie, nous en revenons à la maison à la robe bleue, créée par Monsieur Bartholomew Davies en 1886 et qui décrit la disparition de son épouse Roberta Davies.

— En conclusion, reprit Stuart, il nous manque deux maisons : celle de Jacques Laclau, créée par son assassin, et la maison de l'époux infidèle. Avons-nous progressé sur l'une ou l'autre ?

Les quatre enquêteurs secouèrent la tête négativement. L'affaire n'était pas encore terminée.

— Il nous faut…

Stuart fut interrompu par des coups donnés contre la porte de l'agence. Elsie sortit son revolver, ce qui choqua quelque peu les deux inspecteurs.

Stuart alla ouvrir, Elsie sur les talons.

— Dieu merci, vous êtes là ! tonna la voix de Hugh. Il y a du nouveau dans notre affaire. On vient de retrouver un certain Egbert Kröller étranglé chez lui. Le tueur a laissé une maison miniature sur place.

Stuart et Elsie se regardèrent un instant en silence, puis saisirent leurs chapeaux.

CHAPITRE X

Elsie et Stuart se seraient bien passés de ce rebondissement dans leur affaire. Il était tard et ils auraient souhaité pouvoir se reposer. Pourtant, comme l'avait dit Stuart un peu plus tôt dans la journée, *nous n'avons pas fini.* Ils étaient certes en bonne voie d'identifier tous les membres du club d'assassins, mais ils ignoraient encore qui avait tué Jacques Laclau et n'avaient aucun indice concernant l'identité de l'époux infidèle... Quoique ce nouveau meurtre accompagné d'une miniature leur ouvrît de nouvelles perspectives. Néanmoins, malgré ces informations, Stuart et Elsie étaient proches de l'endormissement dans la voiture de police, qui les emportait vers les lieux du crime. Elle cahotait gentiment, les berçant sans pitié. À leurs côtés, les inspecteurs Montgomery et Needham étaient éveillés et impatients. La voiture ralentit, obligeant Stuart et Elsie à s'éclaircir les idées.

Ils descendirent et se trouvèrent devant une maison bourgeoise, cossue, mais sans rien d'extraordinaire. Une maison comme tant d'autres à Londres. Elsie s'étira en sortant de voiture, elle espérait que son esprit serait à la hauteur de l'événement.

— Quelqu'un connaît-il ce Egbert Kröller ? demanda-t-elle en se frottant les yeux.

— J'ai parcouru le répertoire de Jacques Laclau et ce monsieur figurait au nombre de ses connaissances, répondit Percival.

— Que savons-nous de lui ? interrogea Stuart.

— Seulement que c'est un scientifique hollandais, membre de l'*Athenaeum Club*.

— Encore un club ? ronchonna Elsie. Mais rien ne se fait en dehors de ces clubs dans ce pays !

Percival et Stuart sourirent, habitués qu'ils étaient aux protestations d'Elsie, pendant que l'inspecteur Needham l'observait sans savoir quelle attitude il devait adopter. En bon britannique, il était attaché à l'ordre et aux institutions… au nombre desquelles les clubs figuraient en bonne place. Un factionnaire leur ouvrit la porte, ce qui rompit toute autre discussion. Percival se rapprocha de Stuart et l'interrogea :

— L'*Athenaeum Club* est bien le club réservé aux scientifiques dont Jacques Laclau était membre, n'est-ce pas ?

— Oui, un club assez fermé, répondit Stuart, mais qui accepte les scientifiques étrangers en tant que visiteurs. Le lien entre les deux hommes ne devrait pas être très difficile à établir. Reste à savoir si Egbert Kröller est le créateur de la maison de l'époux infidèle.

— Pour le moment, c'est assez ressemblant… maugréa Elsie.

Elle était de mauvaise humeur. Elle avait peu dormi la veille. Le départ pour Honfleur s'était fait à l'aube, puis ils avaient couru la campagne française tout le jour durant, avant de retrouver les malheureux parents de celui qui se faisait appeler Jacques Laclau, de donner ensuite des explications à la Sûreté française pendant la majeure partie de la nuit, pour enfin regagner Londres et recommencer une nouvelle journée… *J'ai sommeil ! J'ai mal aux pieds, j'en ai assez de ce corset qui me meurtrit les côtes et m'empêche de respirer ! En plus, cette affaire est sordide ! C'est simple, en dehors des bonnes, nous n'avons interrogé que des assassins !* Elsie bougonnait tout en arpentant la maison bourgeoise. Elle observait les lieux d'un œil un peu distrait, quand la vérité lui sauta aux yeux. Elle stoppa net son avancée, l'inspecteur Needham manquant la bousculer au passage.

— Attendez une minute, s'exclama-t-elle, mais c'est…

— La pièce en noire, termina Stuart. La boucle est bouclée. Egbert Kröller a été étranglé dans la pièce même où il avait étranglé sa maîtresse quelques années auparavant… du moins d'après la miniature.

Les enquêteurs s'étaient partagés les tâches. Pendant que les deux inspecteurs interrogeaient l'épouse du défunt, ainsi que les domestiques présents, Elsie et Stuart étudiaient le corps et la miniature. La maison était en tout semblable à celle de l'époux assassin, mis à part que cette fois-ci, c'était l'époux infidèle la victime.

— Une vengeance ? suggéra Elsie.

— Possible, réfléchit Stuart. Mais dans ce cas, pourquoi les deux ? Pourquoi étrangler Jacques Laclau, puis Egbert Kröller ? Et surtout, pourquoi laisser cette miniature ?

— Il veut être trouvé ?

Stuart observa Elsie un instant. *Pourquoi pas ?*

— Ou alors, réfléchit Stuart, il voulait attirer notre attention sur le club en lui-même… Il y a quelque chose qui n'est pas logique dans cette histoire.

— Si vous voulez mon avis, Stuart, rien n'est jamais logique avec les meurtriers, grinça Elsie.

Toutefois, elle voyait ce que son cousin voulait dire.

— En vérité, nous nous sommes peut-être fourvoyés depuis le début, continua Elsie. Nous sommes partis du principe que la maison de Jacques Laclau faisait partie de la collection des miniatures. Toutefois, rien ne nous le prouve. D'après ce que nous en savons, la réalisation de la miniature est une sorte de rituel d'entrée dans le club. Dans ce cas, comment Jacques Laclau aurait-il pu accepter l'annonce de son propre assassinat comme épreuve d'entrée dans son club ?

Stuart s'immobilisa un instant dans la pièce, appuyant

sur sa canne pour soulager sa jambe. Son regard passait du corps d'Egbert Kröller, désormais recouvert d'un drap, à la miniature à la recherche d'un indice quelconque.

— Vous avez raison, Elsie. La collection de miniatures devait en réalité être réduite à sept maisons… La maison de Jacques Laclau a été laissée par son assassin après qu'il l'eut étranglé. Cela expliquerait pourquoi Jacques Laclau n'était pas sur ses gardes.

— Et cela rendrait plus logique l'invitation d'Édouard et de Victoria à son fameux repas, continua Elsie. Ne sachant pas qu'il allait être assassiné durant la soirée, il poursuivait ses affaires de chantage comme si de rien n'était.

Stuart acquiesça.

— Ce qui nous ramène à notre engagement premier : qu'est-ce que Jacques Laclau avait contre Victoria ?

— Ou contre Édouard…

— Ou contre Édouard, confirma Stuart.

N'y tenant plus, le détective s'assit dans l'un des fauteuils de la bibliothèque. Il observa un instant la pièce et trouva la présence de cette miniature fort incongrue.

— Je ne comprends pas ce tueur, avoua-t-il. Admettons que je veuille me venger d'un ou de deux hommes. Il y a tout de même des procédés plus simples que de les étrangler et de laisser à leur côté des maisons reproduisant en miniature le lieu de mon forfait. Non seulement cela demande un travail de préparation d'importance, mais encore cela exige de bien connaître les lieux. En outre, comment suis-je supposé transporter cette miniature à travers une maison remplie de domestiques sans me faire remarquer ?

Elsie réfléchit à la question. Il était vrai que cette mise en contexte était tout de même atypique. À titre personnel, si elle avait voulu assassiner quelqu'un, elle s'y serait prise de façon discrète, rapide et avec le moins d'embarras possible.

— Il se fait peut-être passer pour un artiste, qui

transporte avec lui l'une de ses œuvres ? proposa-t-elle.

— Un artiste rencontrerait l'un ou l'autre des domestiques, remarqua Stuart. Ce n'est pas un inconnu. Le tueur se promène chez ses victimes sans éveiller l'attention de quiconque. Dans le cas de Jacques Laclau, nous avons eu beau interroger tous les domestiques, nul n'a remarqué un inconnu ou une personne au comportement suspect le soir du meurtre.

— Il ne nous reste que trois solutions, dans ce cas, conclut Elsie. Soit l'assassin fait partie des convives, soit il fait partie de la domesticité, soit il est parvenu à entrer en toute discrétion dans le cabinet des merveilles pour attendre Jacques Laclau à l'abri des regards.

— Si nous partons du principe que le tueur de Jacques Laclau est aussi celui d'Egbert Kröller, il me paraît difficile de pouvoir incriminer l'un des domestiques. Un domestique de Jacques Laclau ne passerait pas inaperçu chez Egbert Kröller et inversement.

Le son d'une conversation se rapprochant les interrompit dans leurs réflexions.

Les deux inspecteurs avaient terminé les premiers interrogatoires et revenaient bredouilles.

— J'espère que vous avez eu la main plus heureuse que nous, râla Percival, car, sauf à imaginer que l'information selon laquelle Egbert Kröller vit à Londres depuis une quinzaine d'années est tout à fait vitale pour notre affaire, nous n'avons guère avancé.

Stuart sourit.

— L'épouse légitime n'a donc pas voulu vous parler d'une éventuelle maîtresse ?

— Elle nous a proprement jetés dehors lorsque nous avons abordé la question, répondit l'inspecteur Needham.

Stuart se leva, bien décidé à aller prendre quelque repos cette fois-ci.

— Faites transporter la miniature à Scotland Yard, nous

l'étudierons demain, mais je doute que nous puissions y trouver quelque indice que ce soit. Contrairement aux autres miniatures, le tueur semble les avoir créées par défi, plutôt que par allégeance au club. Les miniatures de Jacques Laclau et d'Egbert Kröller sont les seules où l'assassin ne se montre pas à l'œuvre.

Ils envoyèrent la nouvelle maquette rejoindre les autres dans le bureau de Percival, puis se séparèrent, laissant sur place des agents en charge de la sécurité.

Lundi 20 juillet 1891

Stuart et Percival avaient réorganisé les maisons pour sortir de la collection liée au club des assassins, celles de Jacques Laclau et d'Egbert Kröller.

— Ainsi, nous aurions affaire à deux enquêtes parallèles, commenta le procureur Muir.

Assis non loin de Stuart, il observait avec attention les deux lots de maisons désormais différenciés.

— Oui, Monsieur le procureur, répondit Stuart, les maisons au fox-terrier, de l'ogresse, de l'empoisonneuse, de l'époux infidèle, du médecin assassin, des amants assassins et, enfin, celle à la robe bleue constituent un premier ensemble lié au club de tueurs fondé par Jacques Laclau.

— Nous avons désormais identifié tous les membres de ce club, qui sont soit décédés, soit en prison à votre disposition, continua Percival.

— Enfin une bonne nouvelle à transmettre à Monsieur le Lord chancelier. Qu'en est-il du meurtrier de Jacques Laclau et d'Egbert Kröller ?

— Nous sommes à sa recherche, mais personne n'est entré chez Jacques Laclau, puis chez Egbert Kröller au vu et au su de tous, intervint l'inspecteur Needham. Aucun des invités au dîner de Jacques Laclau n'était une connaissance d'Egbert Kröller. Aucun des domestiques de Jacques Laclau n'a pu rendre visite à Egbert Kröller en toute discrétion. Reste l'inconnu qui se serait dissimulé dans le cabinet des merveilles, puis serait parvenu à entrer chez Egbert Kröller.

— Veuillez m'excuser, Monsieur l'inspecteur, intervint Elsie, mais il me paraît improbable qu'un inconnu ait pu pénétrer chez Jacques Laclau encombré d'une maison miniature, qu'il se soit dissimulé durant la soirée dans le cabinet des merveilles en attendant que sa victime se présentât à lui, puis qu'il se soit évaporé, sans que personne ne le remarquât alors que la maison était encombrée d'invités et de domestiques.

Stuart acquiesça avec lenteur. Elsie avait raison. D'après le récit de Victoria et d'Édouard, la soirée de Jacques Laclau comptait de nombreux convives, outre les domestiques habituels. Quand Édouard avait trouvé le corps inanimé de leur hôte, il était aussitôt tombé sur une jeune bonne en sortant du cabinet des merveilles, puis il avait lui-même gardé l'entrée de la pièce jusqu'à l'arrivée de la police. Il aurait été bien extraordinaire qu'un tueur inconnu eût pu se faufiler hors de la pièce sans être vu…

— Nous avons forcément raté quelque chose chez Jacques Laclau, conclut Stuart. Nous devons y retourner.

Il se leva, aussitôt suivi par Elsie.

Elsie n'aimait pas la salle des miniatures. Elle n'aimait pas son créateur et comprenait désormais pourquoi Édouard avait parlé de tombeau à l'évocation de cette pièce. Comment pouvait-on apprécier de passer du temps entouré de tous ces papillons morts et épinglés sur des panneaux ? Elsie aimait bien les papillons, elle les trouvait poétiques et gracieux dans leurs vols, mais contempler toutes ces pauvres créatures momifiées ne la mettait pas à son aise.

— Comment peut-on aimer détruire de si belles créatures ? protesta-t-elle à haute voix.

Stuart sortit un bref instant de ses réflexions. Installé sur une chaise en face des vitrines, il observait en silence le cabinet des merveilles.

— À mon avis, il aimait surtout le pouvoir que ces créatures lui apportaient sur ceux qui l'avaient rejeté : les lépidoptéristes.

Stuart replongea dans ses réflexions. Quelque chose le dérangeait dans cette pièce, mais il ne parvenait pas à trouver quoi…

— Je me demande si Jacques Laclau a pu financer l'ensemble de cette collection grâce aux seuls frais d'adhésion à son club d'assassins ? s'interrogea Elsie. Quand on observe les spécimens dont il disposait, on ne peut qu'imaginer le prix incroyable qu'elle a coûté. Il y a tellement de pays différents qui sont représentés par ces papillons, que les seuls frais d'expédition représentent déjà une fortune !

Stuart fronça les sourcils. Les pensées d'Elsie faisaient écho aux siennes, tout en conservant leur tonalité propre.

— En fait, continua Elsie, plus j'y réfléchis, plus je pense que Jacques Laclau était un maître-chanteur professionnel. Certes, il avait fondé ce club d'assassins et les cotisations annuelles de ses membres contribuaient à financer son train de vie. Toutefois, le personnage était assez sombre pour s'adonner à d'autres types de chantages… Je suis de plus en plus persuadée qu'il avait trouvé quelque chose à reprocher à Victoria. Dans le cas contraire, pourquoi se serait-il montré si désagréable avec elle ? Ou, plus simplement, pourquoi aurait-il invité de parfaits étrangers à sa table ? Cet homme n'était ni généreux, ni sociable. Il avait forcément quelque chose en tête en invitant Édouard et Victoria.

— Je suis d'accord avec vous, Elsie. Il avait quelque chose en tête, mais quoi ? Pour le moment, nous n'avons rien trouvé qui puisse relier Jacques Laclau à un quelconque chantage en dehors de sa collection de maisons miniatures.

Elsie s'assit à côté de son cousin. Son visage était marqué d'une étrange moue de contrariété.

— La maison a été fouillée de fond en comble par deux fois, constata-t-elle. La première fois juste après le meurtre de Jacques Laclau, la seconde après l'identification de sa cuisinière-empoisonneuse. Pourtant, les forces de police n'ont rien trouvé de suspect…

— Parce qu'elles n'ont pas cherché là où il fallait, conclut Stuart. Avez-vous remarqué le dégoût ou l'appréhension que les insectes suscitent la plupart du temps chez nos contemporains ?

Elsie réfléchit.

— Oui, les insectes sont des créatures peu attirantes…

— Orgueilleux comme l'était Jacques Laclau, je ne serais pas surpris qu'il ait caché l'ensemble de ses affaires criminelles au sein de son cabinet des merveilles.

Elsie fronça les sourcils.

— Vous voulez dire qu'il aurait dissimulé ici-même l'ensemble des documents compromettants qu'il utilisait pour faire chanter ses victimes ?

— Oui, confirma Stuart. La collection de papillons constituait une protection en soi pour le reste de ses affaires. S'il a découvert quelque chose contre Victoria, je suis certain que le document se trouve dans cette pièce.

Elsie accepta cette sentence et se demanda si le procureur Muir l'autoriserait à démonter cette salle planche par planche…

— Parfait, dit-elle en se levant d'un bond. Comment procédons-nous ?

Stuart sourit. Il avait toujours apprécié le caractère volontaire de sa cousine.

— Comme toujours, cousine, avec prudence, persévérance et…

— Patience, maugréa Elsie. Essayons de réfléchir comme ce Jacques Laclau. S'il voulait dissimuler des documents, il pouvait très bien les placer derrière les panneaux de ses papillons. Les domestiques n'étaient pas autorisés à entrer dans cette pièce, mis à part une bonne chargée d'un époussetage sommaire des vitrines.

Elsie s'approcha des panneaux d'exposition et les décrocha du mur. Toutefois, elle se rendit vite compte qu'aucun coffre n'était dissimulé derrière les papillons.

— Les meubles-vitrines peut-être ? suggéra Stuart.

Elsie s'approcha des deux meubles qui occupaient la majeure partie de la pièce. Elle tira l'un après l'autre chaque tiroir, en vérifiant à chaque fois qu'aucun document n'était collé sous l'un d'eux. Néanmoins, cet examen minutieux ne donna aucun résultat.

Un peu dépitée, Elsie contempla les meubles-vitrines déployés avec leurs dix tiroirs ouverts et s'étonna.

— Avec tous ces tiroirs tirés, les meubles ne devraient-ils pas basculer en avant ? demanda-t-elle à Stuart.

— En toute bonne logique, les meubles auraient même dû basculer depuis longtemps. Il y a donc quelque chose qui fait contrepoids.

Elsie referma les tiroirs et se mit à quatre pattes pour observer la base des meubles d'exposition. Elle tapait de son doigt replié tout le long des pièces de marqueterie, afin de déterminer si une cache avait été aménagée près du sol. Un son creux résonna. Elsie frappa de nouveau la base du meuble deux centimètres plus loin, puis continua. À force de persévérance, elle détermina les contours d'un tiroir secret. Elle scruta le bois, gratta du bout de son ongle la surface du bois à la recherche d'une encoche, d'une marque d'usure anormale, mais ne trouva rien.

Elle se redressa d'un bond.

— C'est tellement contrariant !

— Je ne pense pas qu'un homme aussi orgueilleux que

Jacques Laclau se mettait à genoux pour ouvrir son tiroir, constata Stuart. La solution doit être à hauteur d'homme.

Elsie observa à sa hauteur, mais il n'y avait que des papillons… Stuart la rejoignit près des vitrines.

— Ce n'est pas très aimable à vous de m'avoir laissé frotter le sol avec ma robe, Stuart !

— Vous m'en voyez désolé, cousine, s'excusa Stuart avec un sourire charmant, mais quelqu'un devait vérifier et j'en suis incapable en ce moment…

Elsie se redressa de toute sa hauteur, l'air sévère, les mains sur les hanches.

— J'aimerais que vous alliez voir ce médecin conseillé par Victoria. Elle s'est vraiment donné du mal pour vous avoir un rendez-vous.

Victoria ? Mais je croyais que c'était Elsie qui avait organisé ce rendez-vous…

— Je n'ai aucune confiance dans les médecins… tenta-t-il.

— Ce que je comprends, mais ils sont parfois un mal nécessaire ! Que risquez-vous ? Si le traitement qu'il vous préconise ne vous convient pas, vous ne le suivrez pas, voilà tout !

Stuart ne put s'empêcher de sourire. Elsie était vraiment à fleur de peau.

— Puis-je savoir ce qui vous a tant contrariée, cousine ?

Elsie se redressa de toute sa hauteur.

— Je ne suis pas contrariée, dit-elle avec un air pincé.

— Ma chère Elsie, si vous avez offensé d'une manière ou d'une autre la jeune sœur de l'inspecteur Montgomery, vous serez bien aimable de vous excuser auprès d'elle, afin de recouvrer votre humeur habituelle.

La mâchoire d'Elsie céda sous le coup de la surprise. *Comment ? Mais ? Enfin ? C'est intolérable… C'est… Il a raison. Mais comment sait-il ?* Elsie changea d'expression et se mit à bouder.

— Je ne l'ai pas offensée…

Stuart hocha la tête avec intérêt.

— Mais ?

Elsie se renfrogna.

— Je n'ai peut-être pas été aussi aimable que j'aurais dû l'être.

— Et donc, depuis que vous avez appris que Miss Willow est la sœur de l'inspecteur et non sa fiancée, vous ressassez vos mauvaises pensées.

— Vous êtes vraiment agaçant, Stuart, s'indigna Elsie en croisant ses bras sur sa large poitrine. Vous savez tout sur tout le monde ! Exactement comme Isadora ! Vous feriez un couple admirable tous les deux !

Stuart fut saisi et se raidit, ce qui n'échappa pas à Elsie. Elle était peut-être un peu moins observatrice que son cousin, mais n'était tout de même pas trop mauvaise à ce jeu-là.

— À moi de m'amuser à vos dépens, cher cousin ! J'avais bien remarqué que les grands yeux sombres de notre médium ne vous avaient pas laissé indifférent…

Stuart prit un air détaché et s'approcha un peu d'Elsie.

— Veuillez m'excuser, Elsie, je…

Il appuya sur une encoche dans la vitrine, juste à côté d'Elsie. Un déclic se fit entendre.

— Vous disiez, demanda-t-il avec un grand sourire.

— Vous ne perdez rien pour attendre, Stuart, ronchonna Elsie. Nous reprendrons cette conversation en temps utiles. Mais, pour l'instant…

Elsie se baissa et constata que le tiroir qu'elle avait délimité s'était ouvert. Stuart et elle tirèrent chacun de leur côté pour accéder à tous les documents entreposés dans la cache. Le tiroir était haut et profond. Des dizaines de documents s'y trouvaient. Elsie sortit des piles de dossiers. Certains étaient vieux, d'autres plus récents. *Encore du classement en perspective... Stuart a raison. Je suis vraiment de méchante humeur... Je vais devoir présenter mes excuses à Willow...* Elle souleva une nouvelle pile et une enveloppe apparut. Elsie se pétrifia. L'enveloppe portait le nom de « Victoria Worthington ».

CHAPITRE XI

L'ensemble des documents avait été remis à Scotland Yard, y compris le dossier concernant Victoria. Elsie avait hésité un instant, mais elle ne pouvait se résoudre à subtiliser une pièce de l'enquête. Toutefois, Stuart et elle avaient pris le temps de consulter le dossier, afin de savoir à quoi s'attendre concernant les éventuelles suites judiciaires que le procureur Muir pourrait donner à cette affaire. Le dossier était bien vide en comparaison à certains autres. Il ne comptait qu'une enquête sommaire sur Victoria, dont Jacques Laclau s'était servi lors du repas pour effrayer sa potentielle victime, et une lettre ancienne de la main de leur belle-sœur et cousine par alliance.

— C'est ridicule ! s'indigna Elsie dans la voiture qui les conduisait chez Édouard et Victoria. Ce Jacques Laclau était un imbécile s'il pensait pouvoir faire chanter Édouard et Victoria avec cette correspondance !

Stuart sourit. Il était apaisé par ce qu'il avait lu. *Voici donc le grand secret de Victoria... Secret on ne peut plus innocent... Néanmoins...*

— Je ne suis pas tout à fait d'accord avec vous, Elsie, temporisa-t-il. Je vous accorde de bonne grâce que le contenu de cette lettre n'a rien de scandaleux mais, entre les mains d'un homme tel que Jacques Laclau et bien utilisée, elle pouvait signer la perte de Victoria, aux yeux de la bonne société britannique.

Elsie roula des yeux scandalisés.

— Vous devez plaisanter, Stuart. Il n'y a rien de scandaleux dans cette lettre. Victoria se contente de déclarer son amour à un jeune homme !

— Précisément, confirma Stuart. Toutefois, ce jeune homme n'est pas Édouard.

— Victoria aura donc aimé un autre homme avant Édouard. La belle affaire !

Stuart sourit et leva une main pacificatrice, afin que sa cousine ne se méprît pas sur ses intentions. Toutefois, étant d'un naturel moins naïf qu'Elsie, Stuart comprenait où avait voulu en venir Jacques Laclau avec cette correspondance.

— Écoutez-moi un instant, je vous prie, Elsie. Je comprends ce que Jacques Laclau voulait faire. Nous connaissons tous deux Victoria et sa grande probité. Toutefois, il faut la connaître pour savoir que cette femme a beaucoup de valeur et je comprends l'attachement d'Édouard à son épouse. N'oubliez pas que, de prime abord, Victoria peut sembler hautaine, distante et froide. Nous savons tous deux qu'elle n'est simplement pas à son aise en public. Elle préfère les petits comités, sa famille et ses rares amis. Nous savons aussi tous deux que cette femme est d'une grande loyauté, qu'elle est généreuse et bienveillante. Toutefois, ces qualités ne sont pas reconnues à leurs justes valeurs dans la bonne société. Jacques Laclau aurait joué sur ce point. Combien de langues de vipères auraient été ravies de colporter la nouvelle scandaleuse que la si hautaine Victoria Worthington, épouse de l'un des hommes d'affaires les plus en vue et les plus habiles de Londres, avait eu un amant et, pourquoi pas, par extension, qu'elle collectionnait les amants ?

Elsie ne pouvait pas en croire ses oreilles.

— Mais c'est faux ! La lettre est certainement antérieure à la première et dernière saison à laquelle Victoria a participé. Je suis même persuadée qu'elle n'avait pas rencontré Édouard à cette époque-là ! Elle a tout à fait le droit d'avoir aimé un jeune homme avant de rencontrer son époux. En outre, connaissant Victoria…

Elsie suspendit son raisonnement. *Connaissant*

Victoria... Tout était dit. Stuart avait une nouvelle fois raison. Ceux qui ne connaissaient pas Victoria pourraient faire leurs choux gras de la nouvelle. La si parfaite Victoria Worthington, si blonde, si claire de carnation, si riche, si dévouée à son mari, n'avait donc pas aimé qu'un seul homme, comme le voulait la bonne société anglaise. Cette image de la parfaite Victorienne, n'ayant connu et aimé qu'un seul homme au cours de toute sa vie, se retournerait contre sa belle-sœur.

Elsie sortit la copie de la lettre, qu'elle avait pris le soin de réaliser, et la relut. La missive ne comprenait pas de date, mais elle pouvait déduire de cette lecture que Victoria était alors fort jeune. *Adolescente, peut-être*. Elle ne se souvenait plus de la date exacte de naissance de sa belle-sœur, mais elle pouvait supposer qu'elle avait autour de quinze ou seize ans à l'époque où elle avait écrit cette lettre. Victoria avait rencontré Édouard à l'âge de dix-neuf ans. Ce premier amour devait donc être antérieur à la rencontre de son futur époux. Il s'agissait sans doute d'un jeune homme du pays de Galles, d'où était originaire sa belle-sœur. Elsie se renfrogna. Stuart avait raison. Parmi les langues de vipères, et Dieu seul savait combien il y en avait dans la haute société britannique, combien seraient heureuses de pouvoir traîner dans la boue la si enviée Victoria Worthington. Elsie referma la correspondance.

— Ces gens me donnent envie de vomir, conclut-elle avec écœurement. Victoria est une femme honorable, dotée de plus de qualités de cœur que la plupart des gens que nous rencontrons. Je ne laisserai personne traîner ma belle-sœur dans la boue.

L'année qui venait de s'écouler avait grandement modifié le regard d'Elsie sur sa belle-sœur. Alors qu'elle avait toujours gardé une distance indifférente vis-à-vis de Victoria, elle avait commencé à discuter avec elle après le huis clos meurtrier qu'ils avaient tous vécu dans le manoir

Worthington[11]. Elsie avait alors découvert que sa belle-sœur savait tenir ses nerfs, ce qui avait été appréciable dans les circonstances épouvantables qu'ils avaient traversées. Les mois suivants lui avaient permis d'observer Victoria avec un peu plus de bienveillance qu'à l'accoutumée et elle avait découvert une femme bien différente de celle qu'elle imaginait. Toutefois, Stuart avait raison. Victoria n'était pas une femme démonstrative, Elsie la soupçonnait même d'être assez timide, ce qui pouvait passer pour de la froideur vu de l'extérieur.

— Je sais que nous avons été engagés par Édouard, réfléchit-elle, mais croyez-vous qu'il doive être destinataire de ce document ? Je préférerais le remettre à Victoria et qu'elle décide par elle-même, si elle veut que son époux soit informé du contenu de cette lettre ou non.

— Je suis d'accord avec vous, Elsie. C'est à Victoria de décider, certainement pas à nous.

Le cabriolet arrivait devant le très bel hôtel particulier d'Édouard et de Victoria, au 14 Park Crescent.

❧ ♦ ❧

Victoria crut que son cœur allait cesser de battre quand Édouard lui demanda de rejoindre le salon, où Elsie et Stuart avaient à lui parler. *À moi ? Mais que se passe-t-il ? Qu'ai-je fait de si terrible ? Pourquoi ne pas parler devant Édouard ?* Elle entra dans le salon telle une martyre allant au supplice. Elle était pâle, à cours de souffle, elle sentait ses mains trembler, mais ne pouvait les contrôler. *Qu'ai-je fait ? Dieu du ciel, qu'ai-je fait ?* Stuart se leva à l'entrée de sa cousine par alliance et fut surpris par la peur qu'elle transpirait.

— Que craignez-vous, Victoria ? demanda-t-il d'une voix adoucie.

---

[11] *Sombres secrets. Worthington & Spencer, détectives privés*, 2018.

— Tout ! Je suis mêlée bien malgré moi à une histoire de fous et d'assassins et vous demandez à me parler hors la présence d'Édouard.

— Nous avons peut-être été maladroits, reconnut Stuart, mais je vous assure que nous ne voulions que votre bien... Asseyez-vous, Victoria, vous êtes au bord de l'évanoui...

N'y tenant plus, Elsie intervint.

— Il n'y a vraiment pas de quoi vous mettre dans ces états, Victoria. Nous avons trouvé le document que Jacques Laclau voulait utiliser pour vous soutirer de l'argent et ce n'est pas grand-chose, je vous assure ! C'est une vieille lettre !

Victoria s'assit en fronçant les sourcils, mais elle recouvrait quelques couleurs.

— Une lettre ? Je ne vois pas...

Elsie lui tendit la copie qu'elle avait faite.

— Il n'y avait pas de date, mais je suppose que c'est ancien.

Victoria déplia la missive et lut avec attention. L'incrédulité s'imposa peu à peu sur son visage.

— Vous ne vous en souvenez pas ? s'enquit Stuart.

— C'est une lettre adressée à Charles... Mais...

Elle observa de nouveau le papier.

— Je ne me souviens pas de l'avoir écrite.

Elsie ne put s'empêcher de sourire. L'affaire était à ce point insignifiante aux yeux de Victoria, qu'elle ne se rappelait même plus d'avoir écrit cette correspondance.

La jeune femme relisait la lettre, de plus en plus perplexe.

— Mais que voulait-il donc faire avec cette lettre ? demanda-t-elle dubitative.

— Probablement vous faire chanter, répondit Stuart.

— Mais, Charles n'était qu'un amour de jeunesse. Il ne s'est rien passé entre nous. Ce n'était qu'un premier amour plein de tendresse et d'innocence...

— Je vous crois, Victoria, la rassura Stuart. Toutefois,

entre les mains d'un homme tel que Jacques Laclau, cette lettre aurait pu se transformer en quelque chose de laid et de sordide.

— Cet homme était vraiment un pervers ! s'indigna Victoria, le rouge de la colère succédant à la pâleur de la peur sur son visage.

Elle relut une dernière fois la lettre et observa les deux détectives.

— Pourquoi avoir voulu me parler hors la présence d'Édouard ? Il est au courant pour Charles. Il est même heureux que j'ai aimé un autre homme avant lui. Cela donne, selon lui, plus de valeur à l'amour que je lui porte.

Stuart sourit. Il était toujours surpris de découvrir la profondeur de l'amour que se portait ce couple tout en retenue et en discrétion.

— Nous ignorions si vous vouliez parler de ce point à Édouard ou si vous vouliez le conserver secret. Ce n'était pas à nous de décider pour vous. Mais si vous le souhaitez, nous pouvons convier Édouard à notre entretien désormais.

Victoria acquiesça d'un signe de tête. Elle restait interdite devant le document qui l'avait mêlée à cette sombre histoire. Comment une innocente lettre d'amour adolescente avait-elle pu l'entraîner aux abords d'un club d'assassins et de maîtres-chanteurs ? La jeune femme était pourtant soulagée par cette révélation. Dans des moments d'affolement, elle avait imaginé que des faux avaient pu être fabriqués contre elle. Elle se voyait déjà ruinée, rejetée par la bonne société, pire désavouée par Édouard. Heureusement, elle pouvait toujours compter sur Elsie et Stuart. Son cousin et sa belle-sœur comptaient beaucoup pour elle et leur aide, dans cette affaire, lui confirmait tout le bien qu'elle pensait d'eux.

Elsie était allée chercher son frère, qui entra dans le salon, au comble de l'indignation.

— Une lettre ? grondait-il. Cet odieux personnage voulait vous faire chanter avec une lettre ? Elsie me dit que cette missive est tout à fait innocente et…

Victoria se leva et tendit le document à son époux.

— C'est une lettre adressée à Charles…

Édouard se figea un instant. Son regard descendit vers le bout de papier que lui tendait son épouse, puis remonta vers le visage de Victoria.

— Je n'ai pas à la lire, *darling*. Vous avez aimé un jeune homme, je le sais et je n'ai pas à en savoir davantage.

Victoria sourit à Édouard comme elle n'avait pas souri depuis de nombreux jours. Elle était soulagée, heureuse, amoureuse… de son époux. Elle replia la lettre et la glissa dans sa poche.

— Pensez-vous que je pourrai récupérer l'originale ? demanda-t-elle à Stuart.

— Dans quelque temps. Pour le moment, cette lettre fait partie du dossier d'instruction, mais quand toute cette affaire sera terminée, vous pourrez demander à vous voir restituer l'original qui ne concerne que vous.

Victoria acquiesça, mais ses pensées étaient déjà loin de Jacques Laclau, du procureur et de tout autre acteur de cette affaire. Elle n'avait pas dormi depuis des jours et voulait plonger dans un sommeil réparateur.

Quelques heures plus tard, les dames s'étaient retirées. Ne restaient dans le salon que Stuart et Édouard, qui s'occupaient avec constance d'une bouteille de porto millésimé.

— Je n'ai pas osé vous questionner à ce sujet devant Victoria, commença Édouard, mais où en est le reste de l'affaire ?

— Comme vous l'aviez soupçonné, nous avons été confrontés à un club d'assassins, mais nous sommes parvenus à identifier la totalité des personnes impliquées. En revanche, nous recherchons toujours l'assassin de Jacques Laclau et d'Egbert Kröller.

Édouard acquiesça d'un air sombre.

— En toute honnêteté, si c'est la seule personne encore recherchée, je puis vous assurer qu'il m'est indifférent que cet homme soit retrouvé ou pas. Pour ma part, je considère qu'il a débarrassé le monde de deux monstres qui n'avaient rien à y faire.

Stuart hocha la tête. Il était habitué à ce genre de raisonnement, mais ne pouvait s'y rallier. La justice des hommes s'imposait à tous, y compris à ceux qui se faisaient justice à eux-mêmes.

— Pourtant, nous le recherchons.

— Je n'en doute pas, concéda Édouard.

Ils replongèrent tous deux dans leurs verres de porto et apprécièrent ce moment de paix à sa juste valeur.

Mardi 21 juillet 1891

L'élucidation du dossier concernant Victoria avait soulagé Stuart et Elsie. Pour autant, l'affaire était loin d'être terminée. En tant que détectives conseils, ils se devaient de poursuivre leur tâche jusqu'à ce que l'identité du ou des meurtriers de Jacques Laclau et d'Egbert Kröller fût découverte.

L'inspecteur Percival Montgomery était retourné au domicile de la dernière victime, afin d'interroger son épouse sur son éventuelle connaissance des activités assassines du défunt. Si elle ne le jeta pas dehors, comme la veille, elle refusa toutefois de répondre à ses questions. Percival était un homme patient, plutôt bienveillant, mais il n'était pas prêt à se voir opposer un refus de répondre à des questions nécessaires à l'avancée d'une enquête criminelle. Il laissa donc le choix à la dame entre répondre à ses questions chez elle et à l'instant ou répondre plus tard au sein de Scotland Yard. Elle préféra la seconde option. Ce point contraria quelque peu le policier qui n'aimait guère perdre de temps. Mis au courant de la difficulté rencontrée, le procureur Muir se montra conciliant et convoqua Madame Kröller pour interrogatoire.

Elle se présenta en début d'après-midi, un peu abasourdie d'être contrainte de se rendre à cette convocation. Les gens de son monde auraient dû être au-dessus de ce genre de contrariétés ! Toutefois, elle était accompagnée par son avocat, certaine que cet allié ferait reculer les impertinents qui osaient vouloir la questionner sur son époux. Il n'en fut rien. Madame Kröller en fut tout déconfite…

— Madame Kröller, je vous remercie d'être venue répondre à mes questions… débuta Percival.

— Je n'ai pas eu le choix…

— Si, mais vous avez préféré venir à Scotland Yard. Je souhaitais donc savoir si vous aviez déjà vu l'une ou l'autre de ces maisons miniatures ?

Même l'avocat fut étonné. Lui et sa cliente reportèrent leur attention sur les maquettes qui envahissaient le bureau de l'inspecteur Montgomery. Si Madame Kröller se désintéressa vite des maisons, l'avocat fronça les sourcils et se demanda ce que pouvaient bien être ces étranges jouets.

— Nous soupçonnons Monsieur Egbert Kröller d'avoir été l'un des membres d'un club d'assassins…

— C'est un scandale ! Une monstruosité ! Je vous ferai renvoyer…

— Oui, je sais, on me le dit souvent, la coupa Percival. Je disais donc que nous soupçonnons votre défunt époux d'avoir été l'auteur de cette maison, précisa-t-il en montrant la miniature la plus proche. La maison de l'époux infidèle, pour être plus précis.

Madame Kröller eut un hoquet malvenu.

— Je vois que vous savez à quoi je fais allusion, poursuivit Percival, imperturbable. Nous avons interrogé l'ensemble des membres de ce club, mais aucun d'eux n'a été capable de nous donner l'identité de la femme que votre époux étrangle dans cette miniature. Nous supposons qu'il s'agissait de l'une de ses maîtresses, mais nous ignorons laquelle. Peut-être pourriez-vous nous aider sur ce point, Madame. Je vous précise d'ores et déjà que l'assassin de votre époux peut être lié à l'identité de sa victime. Aussi suis-je amené à solliciter votre entière collaboration sur ce point.

Madame Kröller serra la bouche, elle n'avait nulle envie de débattre des infidélités de son défunt époux avec ce ridicule petit inspecteur.

— Bien évidemment, si vous vous obstinez à garder le silence, le procureur Muir sera peut-être moins conciliant que moi.

Madame Kröller se tourna vers son avocat, qui lui fit signe de parler. Ces gens-là ne servaient à rien !

— Mon époux n'était pas fidèle.

Elle s'arrêta. Percival en conclut que l'interrogatoire allait être long et fastidieux.

— Certes, mais encore…

— Je connaissais son infidélité.

— Cela pourrait être un mobile pour supprimer votre mari…

Madame Kröller s'indigna.

— Bien sûr que non, s'insurgea-t-elle. Les infidélités de mon époux ont commencé avant même notre mariage. Je savais à qui j'avais affaire et je l'avais accepté en toute connaissance de cause.

— Je comprends votre point de vue, Madame. Toutefois, n'y a-t-il pas dans votre souvenir une maîtresse en particulier qui vous aurait causé quelques soucis ?

Madame Kröller verdit un peu. Elle était encore pleine d'aigreur au souvenir de cette histoire déplorable.

— Vous avez raison, Monsieur l'inspecteur. Comme beaucoup de femmes je m'étais accommodée de la situation et j'exigeais simplement de mon époux qu'il se montrât discret.

— Et, à au moins une occasion, il ne l'a pas été, insista Percival.

— Effectivement, mais c'était il y a bien longtemps et je ne pense pas que cette affaire soit liée à ce que vous recherchez.

— L'affaire remonte-t-elle à une période antérieure à 1857 ? demanda Percival avec un air d'innocence.

Il commençait à comprendre comment aiguillonner les personnes qu'il interrogeait pour faire jaillir la vérité.

— Bien sûr que non, s'indigna Madame Kröller. Quel âge croyez-vous que j'ai ?

— Je ne répondrai pas à cette question, Madame. En revanche, puisque votre affaire est postérieure à 1857, je vous écoute.

L'épouse trompée réfléchit un moment. Elle observa la miniature que lui avait désignée l'inspecteur et se raidit.

— Je n'ai eu à me plaindre de mon époux qu'une seule fois. Nous venions à peine d'arriver à Londres et la situation s'était tendue entre nous. À l'époque, j'avais même songé au divorce. Alors que j'avais fait tous les efforts pour intégrer la bonne société londonienne, l'une des maîtresses de mon époux a fait un scandale dans la rue devant chez nous. Elle exigeait qu'il divorçât pour l'épouser. La situation était grotesque, humiliante et j'ai exigé qu'Egbert réglât ce problème de façon définitive.

Percival ne put s'empêcher de frissonner.

— Avez-vous utilisé ces mots ?

— Quels mots ?

— De façon définitive…

Madame Kröller parut surprise.

— Je ne sais plus si j'ai utilisé ces mots en particulier, mais l'idée était la même, soyez-en certain. Comme vous vous en doutez, notre mariage n'était pas fondé sur l'amour, mais sur un accord commercial. J'apportais ma fortune à mon époux, en contrepartie, il me devait le respect et la tranquillité.

Y compris la tranquillité charnelle, à ce que je comprends... D'où les maîtresses...

— Auriez-vous divorcé ?

— Oui, affirma-t-elle sans hésitation. Ce qu'il se passait dans notre intimité ne regardait que nous. En revanche, je ne pouvais tolérer d'être publiquement humiliée par une moins que rien, une traînée qui abusait de la crédulité des hommes fortunés.

— Comment s'appelait cette femme ?

— Judith Carlyle. C'était notre bonne.

Percival songea par-devers lui qu'il ne faisait pas bon d'être domestique dans certaines maisons...

ଓ • ଛ

Percival détestait rendre visite aux légistes dans leurs morgues. Il avait l'impression de descendre les escaliers menant au monde souterrain où régnait Hadès. Les morgues se trouvaient le plus souvent dans les sous-sols des hôpitaux, assez bas pour qu'il y fît un peu plus frais, mais assez haut pour que des soupirails éclairassent un peu les médecins qui officiaient dans ces lieux lugubres. Le pire était l'odeur. La puanteur était insupportable. *Un charnier scientifique, voilà ce qu'est une morgue...* Percival réprima un frisson. Le Docteur Graham Clark lui avait demandé de venir en personne. L'inspecteur s'entendait assez bien avec le légiste, ce qui était un exploit peu commun. Le vieux médecin à la barbe vénérable était acariâtre et brutal, mais déterminé à faire son travail du mieux possible... *Et il a bien du mérite...* D'après ce que Percival avait compris de ses précédentes entrevues avec le Docteur Clark, l'autopsie n'était qu'une dissection améliorée. Cette pratique étant encore fort expérimentale, rien n'était codifié et les médecins improvisaient plus ou moins en fonction de leurs connaissances et de leurs expériences.

Percival était arrivé à la salle d'autopsie où officiait le Docteur Clark. Il prit une grande inspiration de pestilence, sachant que l'odeur du couloir n'était rien à côté de ce qui l'attendait à l'intérieur. Il entra.

Le Docteur Graham Clark était penché sur un corps inconnu, une femme d'un certain âge, d'après ce que pouvait en voir l'inspecteur. Percival détourna le regard, fixant ses souliers enfoncés dans l'épaisse couche de suie, répandue sur le sol, pour absorber tous les liquides s'échappant des corps dans des états de décomposition plus ou moins avancée. Il pataugeait dans un magma qu'il préférait ignorer et releva le visage pour croiser le regard vif du médecin.

— Prenez une cigarette, Inspecteur ! Je vous l'ai déjà dit. On ne survit ici que grâce à l'odeur du tabac !

Comme à son habitude, le Docteur Clark fumait une cigarette au tabac sombre. Les légistes avaient l'habitude de fumer tout le jour durant pour tromper leur odorat autant que faire se pouvait. Le vieux médecin grimaça légèrement et Percival imagina qu'il pouvait s'agir d'une esquisse de sourire bienveillant…

— Un instant, Inspecteur, je m'occupe de vous.

Le Docteur Clark s'éloigna du corps, en s'essuyant les mains sur sa blouse déjà abondamment tachée. *Willow ferait une syncope, si elle voyait l'état de ce vêtement…* Le légiste s'empara d'un dossier posé sur son bureau et y jeta un coup d'œil.

— Vos deux bonshommes ont été empoisonnés, puis étranglés au moyen d'une corde, annonça-t-il. L'assassin se tenait derrière eux quand il les a étranglés.

Percival fut surpris. Il n'avait jamais envisagé que le tueur eût usé de poisons pour amoindrir ses victimes.

— Quelle drogue ?

— Cyanure de potassium.

Percival en oublia la puanteur ambiante.

— Cyanure ? Mais pourquoi les étrangler dans ce cas ? Il suffisait de laisser agir le poison.

— C'est vrai. Faut croire que ça ne satisfaisait pas votre tueur, Inspecteur.

Percival hocha la tête d'un mouvement un peu mécanique. *C'est personnel... Une vengeance...*

— Merci beaucoup, Docteur Clark.

Le légiste fit un signe de main un peu vague, que Percival interpréta comme un « Je vous en prie ».

— Est-ce que Miss Willow aurait l'amabilité de me faire deux ou trois autres blouses ?

Percival fut surpris, mais acquiesça de bon cœur.

— Bien sûr, Docteur.

— Je passerai vous voir ce soir, alors. J'aimerais quelque chose de plus couvrant. Ces cadavres giclent en tous sens !

Percival agréa avec gravité.

— Si vous pouviez éviter ce genre de détails devant Willow et ma mère, Docteur, je vous en saurais gré...

Le médecin éclata d'un rire joyeux, comme si Percival venait de faire la meilleure plaisanterie de la journée.

— Je sais me tenir devant les dames !

Ce serait tellement merveilleux, si vous saviez aussi vous tenir devant les inspecteurs... De bonne humeur, le Docteur Clark tendit sa main à Percival qui la serra en tentant d'oublier que quelques minutes auparavant, elle avait été plongée dans les entrailles d'un cadavre... *Il faut absolument que je me lave de pieds en cap avant de rentrer ce soir...*

❧ ◆ ❧

Elsie et Stuart avaient trouvé Percival déchaussé dans son bureau, en train de maugréer en nettoyant ses souliers. Les deux détectives ne firent aucun commentaire, estimant que si l'inspecteur voulait leur donner une explication, il le ferait et, dans le cas contraire, ils se passeraient aussi fort bien de toute explication.

— Je déteste les morgues ! s'emporta Percival.

Stuart leva les sourcils avec compréhension…

— Je comprends mieux pourquoi vous nettoyez vos chaussures, Monsieur l'inspecteur.

Elsie regarda les deux hommes avec incompréhension.

— Pourquoi ?

Ils la fixèrent tous deux avec consternation. Pourquoi fallait-il toujours qu'elle posât les questions les plus catastrophiques ?

— Croyez-moi sur parole, Elsie, répondit Stuart, une morgue n'est pas un lieu pour une dame.

La réponse ne plut pas du tout à la jeune femme.

— Je ne vois vraiment pas pourquoi !

— Miss Elsie, intervint Percival, vous savez que j'ai le plus grand respect pour vous, mais je vous assure que je n'ose pas vous imaginer dans une morgue. Avec vos robes… et vos fines bottines…

Stuart et Percival eurent la même expression de dégoût, ce qui surprit Elsie. Elle observa les deux hommes, puis les chaussures en cuir épais de Percival, puis sa robe, ainsi que le bout de ses bottines et se promit de réfléchir à la question à tête reposée. *Il faudra que je me renseigne sur ces morgues…*

— Le médecin légiste a-t-il trouvé quelque chose d'intéressant ? questionna Stuart.

— Oui, répondit Percival en observant ses chaussures avec attention.

Satisfait du résultat, il les renfila.

— Je suis désolé de vous avoir reçu dans cette tenue peu conventionnelle, mais il m'était impossible de garder mes souliers…

Stuart acquiesça.

— Ne vous inquiétez pas, nous comprenons parfaitement.

Elsie songea que non, mais elle était d'humeur

magnanime et voulait bien pardonner à l'inspecteur ce manque de tenue fort inhabituel de sa part.

— Jacques Laclau et Egbert Kröller ont tous deux été empoisonnés au cyanure, avant d'être étranglés.

Les deux détectives furent surpris.

— Empoisonnés et étranglés, répéta Stuart. C'est peu commun…

— Le Docteur Clark a fait une réflexion très intéressante à ce sujet, précisa Percival. Il a remarqué que le seul empoisonnement ne pouvait satisfaire le tueur.

— C'est personnel, conclut Elsie. Mais pourquoi les empoisonner d'abord ? Pour les tenir à sa merci ? Pour qu'ils puissent voir qui venait accomplir sa vengeance ?

— Pour les affaiblir, proposa Stuart. Étrangler un homme comme Egbert Kröller nécessitait beaucoup de forces. En revanche, Jacques Laclau n'était pas athlétique.

— Le tueur était peut-être plus faible que Jacques Laclau, réfléchit Percival. Le légiste a précisé que l'assassin se tenait derrière ses victimes pendant qu'il les étranglait avec une corde…

— Nous n'avons pas trouvé de cordes sur les lieux des crimes, remarqua Elsie.

— Non, mais d'après la miniature de l'époux infidèle, précisa Percival, la maîtresse étranglée l'a été avec une corde…

Tous trois reportèrent leur attention sur la maison en question et observèrent le meurtre décrit : un homme étranglait une femme au moyen d'une corde en se tenant dans son dos…

CHAPITRE XII

Elsie fut la première à sortir de son silence.

— C'est une vengeance. Quelqu'un supprime ceux qui sont responsables de la mort de Judith Carlyle. Que savons-nous de cette femme ?

Percival saisit un dossier sur son bureau.

— Pas grand-chose, avoua-t-il avec quelque dépit. L'affaire remonte à 1874 et je puis vous assurer que retrouver la trace d'une bonne disparue depuis dix-sept ans n'est pas une mince affaire. Nous n'avons même pas réussi à récupérer un quelconque dossier d'enquête sur la disparition de cette femme. Toutefois, le majordome des Kröller était déjà en place à l'époque et il nous a donné quelques renseignements sur elle. D'après lui, Judith Carlyle avait entre 22 et 25 ans au moment de sa disparition. C'était une jeune femme sérieuse, mais qui avait été perdue par son maître. En revanche, si le majordome était au courant de la liaison ancillaire qu'entretenait Egbert Kröller avec Judith Carlyle, il n'a jamais imaginé que ce dernier ait pu la supprimer. Dans ses souvenirs, elle a disparu du jour au lendemain avec l'ensemble de ses affaires. À l'époque, ils ont tous cru qu'elle était partie ou qu'elle avait été chassée.

— Rien d'autre ? demanda Stuart.

— Le majordome a été incapable de se souvenir d'où était originaire Judith Carlyle. Il se souvient seulement qu'elle n'était pas londonienne, puisqu'elle était obligée de prendre le train pour rejoindre ses parents pour les congés de fin d'année.

Elsie grimaça.

— Ce n'est pas avec ce genre de renseignements que nous allons pouvoir retrouver le tueur de Jacques Laclau et d'Egbert Kröller. Si Judith Carlyle avait de la famille, c'est peut-être l'un de ses proches qui se venge. La question est pourquoi attendre dix-sept ans avant de passer à l'acte ?

— Je vois deux explications, répondit Stuart. Soit le tueur a appris dernièrement l'implication de Jacques Laclau et d'Egbert Kröller dans l'assassinat de Judith Carlyle, soit il n'était pas en capacité de se venger il y a dix-sept ans.

Percival fronça les sourcils.

— Vous pensez à un enfant ?

— C'est possible…

Stuart s'empara des documents personnels de Jacques Laclau et les feuilleta à la recherche d'une personne au patronyme de « Carlyle », mais ne trouva rien.

— Y a-t-il un Carlyle parmi les domestiques de l'une ou de l'autre maison ? demanda Elsie.

— Non, répondit Percival. L'inspecteur Needham vérifie les identités de tous les domestiques mais, pour le moment, personne ne correspond.

— Nous en revenons aux miniatures… murmura Elsie.

Elle s'approcha de la maison d'Egbert Kröller, la dernière à être apparue dans cette affaire, et elle débuta une nouvelle inspection approfondie de la maquette. La décoration avait été soignée, comme dans la miniature de Jacques Laclau. Les meubles étaient de parfaites petites répliques de l'intérieur des deux hommes, quoique celle de Jacques Laclau correspondît davantage à l'image qu'Elsie conservait de la maison. *Les couleurs…* Elsie observa les deux maisons avec attention en usant de ses compétences artistiques. *Pourquoi la maison de Jacques Laclau me donne-t-elle l'impression d'être plus soignée, plus véridique que celle d'Egbert Kröller ?* La détective releva la tête et s'approcha de la maison de l'époux infidèle. *Cette maquette a été faite en 1874 par Egbert Kröller pour sceller son adhésion au club des assassins de Jacques Laclau. Elle est ancienne. Les couleurs sont passées...* Elsie sortit son carnet à esquisses dans lequel elle avait pris l'habitude de croquer en quelques traits des éléments de l'enquête, qui retenaient son attention. Elle compara la tapisserie du salon des Kröller, où elle avait pu entrer, avec celles des deux miniatures. *C'est ça...*

— Nous cherchons quelqu'un qui travaillait pour Jacques Laclau, annonça-t-elle.

Les deux hommes s'approchèrent d'elle, scrutant tantôt les miniatures, tantôt le carnet à croquis.

— Pourquoi ? demanda Stuart.

— Regardez. Dans la maison de l'époux infidèle et dans celle d'Egbert Kröller, la tapisserie du salon est faite d'un papier aux larges fleurs rosées. Cependant, dans la réalité, la tapisserie est aujourd'hui en toile de Jouy rose. Le tueur a fait une réplique de l'intérieur des Kröller en 1874, car il n'avait pas accès à leur maison aujourd'hui.

Stuart et Percival acquiescèrent ensemble.

— Bien joué, Elsie, remarqua Stuart.

Percival avait pensé la même chose, sans oser le formuler à haute voix.

— Donc, réfléchit Percival, nous cherchons quelqu'un lié à Judith Carlyle, qui décide de la venger dix-sept ans plus tard, qui travaillait chez Jacques Laclau - puisque la miniature est l'exacte reproduction de son intérieur -, mais qui avait aussi accès à la miniature de l'époux infidèle - puisque la miniature trouvée chez Egbert Kröller est l'exacte réplique de la maison faite en 1874...

— Janet, s'écria Stuart.

— Fiona, s'exclama Elsie.

Les deux détectives se regardèrent, réfléchissant chacun à l'hypothèse de l'autre. Rien ne permettait de savoir laquelle des deux bonnes était la plus suspecte. Percival sortit ses notes sur l'affaire.

— Si mes souvenirs sont bons, Janet est la bonne

actuelle chargée de l'époussetage du cabinet des merveilles et Fiona est celle qui l'a précédée dans cette tâche… Toutes les deux ont eu l'occasion d'observer les miniatures dans le détail. Toutes deux ont donc pu réaliser des copies… En revanche, le soir où Jacques Laclau a été assassiné, il était plus simple pour Janet de le tuer, puisqu'elle était déjà dans les murs…

— Si notre tueuse est Janet, continua Stuart, comment est-elle entrée chez Egbert Kröller chargée de sa miniature ?

C'est ma tante, Anna Carlyle. Sans elle, je serais à la rue… La phrase résonna soudain dans l'esprit d'Elsie.

— C'est Fiona… Elle m'a dit en parlant de la femme qui la logeait : « C'est ma tante, Anna Carlyle. Sans elle, je serais à la rue… ».

Elsie accusa le coup. Elle appréciait Fiona…

— Fiona cherchait une place, précisa-t-elle, elle a pu entrer chez les Kröller sous prétexte de se présenter et…

— Egbert Kröller étant ce qu'il était, reprit Stuart, il s'est fait une joie de recevoir cette charmante jeune femme. Cela explique l'empoisonnement…

— Aucune des deux n'avait la force physique d'étrangler des hommes comme Jacques Laclau ou Egbert Kröller sans les affaiblir au préalable… conclut Percival. Il faut les arrêter !

Il sortit en trombe de son bureau, laissant les deux détectives plongés dans de sombres pensées.

Mercredi 22 juillet 1891

Janet, Fiona et leur tante Anna n'avaient pas attendu la police. Elles avaient fui, ne laissant derrière elle qu'une enveloppe adressée à « Miss Elsie Worthington ». Dans le bureau du procureur Muir, Stuart, l'inspecteur Percival

Montgomery, l'inspecteur David Needham et le procureur Connor Muir en personne attendaient qu'Elsie eût achevé sa lecture. Puisque les meurtrières avaient disparu, Elsie pouvait bien prendre le temps de lire le courrier qu'elles lui avaient laissé. Une larme roula sur la joue d'Elsie. Elle l'essuya d'un geste rageur. Elle n'aimait pas pleurer en public.

— Je hais ce Jacques Laclau ! s'exclama-t-elle soudain. J'espère qu'il rôtit en enfer !

Stuart se demandait ce que ce courrier pouvait contenir pour qu'Elsie fût si bouleversée. Il s'abstint pourtant de parler, posa sa main sur celle de sa cousine et saisit les trois feuilles manuscrites qu'elle avait posées devant elle.

> « *Londres, 20 juillet 1891*, commença-t-il à lire. *Miss Worthington, je tenais à vous laisser une explication. J'avais perdu toute foi dans l'humanité et vous avez su me montrer que j'avais tort. Ma tante, Anna Carlyle, que vous avez rencontrée, n'était pas d'accord, mais ma sœur Janet et moi-même, nous voulions vous expliquer les raisons qui nous ont poussées à commettre ces horreurs... J'ai tellement honte de moi. Je sais que je suis maudite et que je finirai en enfer. Pourtant, que pouvais-je faire d'autre ? Ces hommes étaient des démons. Pouvons-nous être damnées pour avoir tué des démons ? Vous n'allez rien comprendre si je continue comme cela. J'essaie d'être claire, mais je n'ai jamais étudié. Pas assez. Pourtant, je lis, beaucoup. Dès que je trouve un livre, je lis. J'aime lire, j'ai l'impression d'être quelqu'un d'autre... Je me perds à nouveau... Je n'ai pas beaucoup de papier et j'ai peu de temps, nous partons pour le nouveau monde dans quelques heures. Ma tante dit que nous aurons une nouvelle vie, une nouvelle chance... Je ne sais pas.*

Pour vous expliquer un peu mieux, notre mère a été assassinée quand nous avions trois et cinq ans. Je suis l'aînée. Je vivais avec Janet chez nos grands-parents. Maman était seule et elle avait dû nous abandonner aux soins de nos grands-parents pour trouver un poste de bonne à Londres. La paye était meilleure et maman envoyait de l'argent pour nous chaque mois. Elle nous rendait visite deux fois par an, à Noël et en juin pour le solstice d'été... Et un jour, elle n'a plus envoyé d'argent. Elle n'est plus venue. Nous étions trop petites pour comprendre. Nous voyions que nos grands-parents étaient inquiets, mais ils ne savaient pas ce qu'il s'était passé. Ils ne comprenaient pas non plus. La vie était dure. Sans l'argent de maman, nous avons travaillé dans des usines et aux champs avec Janet. Le samedi, le pasteur nous apprenait à lire et à compter. Il disait que c'était important, que nous pourrions avoir de meilleures vies. Mais je me perds encore... Un jour, quand nous étions âgées de seize et quatorze ans, notre tante Anna est venue nous chercher. Elle vivait à Londres et pensait que nous pourrions trouver de bonnes places là-bas. Nous sommes parties, nos grands-parents sont morts peu après... de tristesse et d'épuisement sûrement.

À Londres, la situation était dure, mais nous travaillions toutes et nous parvenions à vivre. Il y a à peu près cinq ans, tante Anna nous a expliqué pourquoi elle avait besoin de nous. Elle voulait venger sa sœur, notre mère. Tante Anna n'a jamais cru que maman nous avait abandonnées. Alors, elle a cherché. Elle s'est fait engager chez les Kröller, les derniers employeurs de maman, et elle a compris. Monsieur Kröller avait tué maman pour garder la fortune de sa femme. Elle a réfléchi et elle a patienté, longtemps. Elle cherchait des preuves, elle cherchait le corps, mais elle n'a rien trouvé. Et la situation a changé. Un jour, en l'absence de Madame Kröller, il y a eu une grande réunion. Monsieur Kröller n'arrêtait pas de répéter que tout devait être parfait, que les gens qu'il recevait étaient très importants. Anna a trouvé cela étrange et elle a espionné. C'était une réunion d'assassins et ils recevaient dans leur club un nouveau membre. Anna l'a reconnu tout de suite, la disparition de son épouse avait fait un gros scandale. C'était Bartholomew Davies. Il venait de tuer sa femme, l'avait enterrée chez eux et il avait créé cette maison avec le squelette de la souris. Ils ont tous tellement ri à cette trouvaille. Le sang d'Anna s'est glacé dans ses veines. Ce Bartholomew Davies, il était si fier de lui ! Ce sont des monstres... Et leurs horribles miniatures ! Elles me hantent toutes les nuits ! Je me réveille en sursaut en train de les nettoyer encore et encore, et les poupées saignent vraiment... Je suis désolée, je ne sais pas écrire.

Tante Anna a su qu'elle devait agir, qu'elle devait arrêter ce club d'assassins, mais elle avait besoin d'aide, alors elle est venue nous chercher. J'avais l'âge pour être engagée comme bonne à tout faire. Nous avons surveillé les annonces. Nous cherchions une place chez Jacques Laclau, le fondateur du club, ou chez Egbert Kröller, l'assassin de maman. Quand Jacques Laclau a cherché une bonne, je me suis présentée sous un faux nom. J'ai tout accepté, la paye misérable, les heures à n'en plus finir, frotter la maison jusqu'à ce que je ne sente plus ni mes mains, ni mes genoux. Tout. Parce que je cherchais. Je cherchais la preuve de l'existence de ce club. Malheureusement, un jour où je fouillais, Jacques Laclau m'a trouvée. Il a commencé par hurler, par me menacer. J'étais pétrifiée et je n'arrivais pas à regarder autre chose que la maison du meurtre de maman... Il a compris et, au lieu de me dénoncer, il m'a lancé un défi. « Tuez Egbert Kröller, vengez votre mère, et vous entrerez dans mon club ». *C'était le Diable. Le Diable en personne. Il m'a obligée à nettoyer la maison que l'assassin de ma mère avait créée en souvenir de son meurtre ! C'était si... horrible. Imaginer que les mains de celui qui avait fait cette maison avaient ôté la vie à maman. C'était... infernal... J'étais en enfer. Je nettoyais ses maisons et il me parlait de la façon de tuer les gens. Je nettoyais ses maisons et il me conseillait pour le meurtre d'Egbert Kröller. Selon lui, j'étais trop petite, trop faible pour affronter cet homme. Je devais d'abord l'empoisonner et il me parlait des poisons... Il m'a appris à être une tueuse. Son jeu a duré à peu près deux ans... Mais, un jour, il y a un peu plus d'un an, il était saoul quand il est venu surveiller le nettoyage des miniatures et il a avoué. Jacques Laclau aimait le meurtre. Il aimait dénicher les bas instincts chez ses semblables et les attiser pour pousser les autres au crime. Il attisait leur haine, leur folie jusqu'à ce qu'ils passent à l'acte. Il a avoué qu'il avait encouragé Egbert Kröller à tuer maman. Egbert Kröller était selon lui un faible, un minable dominé par les femmes. Il lui avait montré les avantages à supprimer cette traînée ambitieuse... Maman... Je l'ai regardé et il a compris. Il savait que j'allais le tuer et il m'a renvoyée en disant que je l'avais volé. Il mentait pour le vol, mais pas pour mon intention. Je voulais le tuer et, grâce à lui, je pouvais le faire. Janet a pris ma suite dans la maison, avec un autre nom, et nous avons attendu l'occasion. Après Jacques Laclau, nous nous sommes occupées d'Egbert Kröller. Il aimait les jeunes femmes, cela n'a pas été difficile de le convaincre de me recevoir. Je lui ai dit que j'adorais les livres et il m'a emmenée dans la bibliothèque. Là, je lui ai proposé un verre de chocolat. Quand je lui ai dit que c'était aphrodisiaque, il l'a bu ... et je l'ai tué, comme il avait tué maman.*

Maintenant, vous savez ce qu'il s'est passé. C'est pour cela que je ne pouvais pas accepter votre argent, Miss Worthington. Je n'étais pas digne de votre argent. Vous êtes une bonne âme, Miss Worthington, et je prierai toujours pour vous, pour que jamais vous ne croisiez la route d'un Jacques Laclau.

Je vous souhaite beaucoup de bonheur, Miss Worthington, et j'espère que vous pourrez me pardonner. Fiona Carlyle »

Quand Stuart acheva la lecture, tous restèrent silencieux. Que pouvaient-ils dire ? Un mandat d'arrêt avait été lancé contre les trois femmes, mais elles étaient déjà parties. Nulle trace des trois fugitives n'avait été trouvée ni dans les gares, ni dans les ports, ni où que ce fût. Elles avaient disparu. Elles avaient fui juste après le meurtre d'Egbert Kröller et étaient parvenues à échapper à la justice de la reine… Restait la justice divine. Les trois femmes ne sortiraient pas indemnes de cette terrible vengeance. *Pouvons-nous être damnées pour avoir tué des démons ?* La question résonnait encore et encore dans l'esprit d'Elsie. Nul doute que Fiona avait subi la punition de son crime avant de le commettre. Elle avait nettoyé la maison créée en souvenir du meurtre de sa mère, sous la férule de l'initiateur de cet assassinat. Elle avait subi l'enseignement criminel de Jacques Laclau et l'avait utilisé contre son ennemi. Elsie savait que la justice des hommes ne pardonnerait pas aux trois femmes. Restait la clémence divine. *Je prierai pour votre salut, Fiona…*

La nuit était tombée sur Londres. Les heures s'étaient écoulées avec lenteur dans le bureau du procureur Muir. Si d'un point de vue personnel, le magistrat pouvait comprendre les motivations des trois tueuses, il ne pouvait pas accepter ce comportement. *Nul ne doit se faire justice à soi-même !* Elsie n'avait pas tenté de débattre avec lui, elle savait d'instinct que leurs points de vue étaient irréconciliables. Stuart, pourtant, avait soulevé un argument qui avait retenu l'attention du procureur. Sans ces trois femmes, le club des assassins aurait poursuivi ses œuvres pendant de nombreuses années. Nul ne savait à combien d'innocents, elles avaient sauvé la vie. Le procureur avait entendu cet argument mais, d'après lui, ayant connaissance de faits criminels, elles auraient dû s'en remettre à la Justice. Stuart et Percival étaient d'accord, contrariés de l'être, mais d'accord quand même. Elsie, quant à elle, était moins catégorique. Elle pensait que les trois femmes avaient renoncé à dénoncer les tueurs, car ils étaient issus de la bonne société et qu'elles n'étaient que des domestiques…

Elsie était très préoccupée… et triste. Triste que des monstres tels que Jacques Laclau existassent. Triste que Fiona n'ait jamais trouvé d'aide. Triste que cette affaire finît ainsi. *C'est une criminelle, elle a tué un homme, mais c'était l'assassin de sa mère. Elle a aidé à en tuer un autre, mais c'était un monstre qui poussait les autres au crime. Comment la condamner ? Elle a tué, mais… Elle a tué… Moi aussi, j'ai tué un homme, mais c'était lui ou moi. Elle a planifié les crimes, longtemps à l'avance, avec sa tante et sa sœur. Pourquoi n'ont-elles pas demandé de l'aide ? Pourquoi n'ont-elles pas parlé à la police ? Si elles avaient parlé, peut-être que des innocents auraient été épargnés… Elles trois en premier lieu. Par leurs choix, elles se sont condamnées elles-mêmes… C'est terrible. Le plus terrible est ce qu'a dit Stuart : En agissant comme elles l'ont fait,*

Jacques Laclau a gagné. Il a certes perdu la vie mais, en transformant trois femmes innocentes en meurtrières, il a de nouveau accompli son œuvre de chaos...

Elsie frissonna. Perdue dans ses pensées, elle avait oublié Percival et Stuart qui marchaient à ses côtés. Les deux hommes se taisaient, observant les réactions de leur alliée du coin de l'œil.

— Est-ce que cela arrive souvent ? demanda-t-elle soudain.

Stuart et Percival échangèrent un regard dubitatif.

— Qu'est-ce qui arrive souvent, Elsie ? questionna Stuart.

— Cette sensation ! Nous avons trouvé les meurtriers, mais je ne suis pas du tout satisfaite ! Les criminels devraient tous être des êtres abjects !

Stuart sourit avec bienveillance. Sa cousine était trop entière pour se satisfaire du dénouement de cette affaire.

— La vie n'est pas si simple, Elsie, mais, par-delà toutes les horreurs de cette affaire, je retiendrai une chose, ma chère cousine.

Elsie se tourna vers Stuart, elle ne voyait pas du tout où il voulait en venir.

— Grâce à votre grand cœur et à votre générosité, vous avez rendu la foi à une âme perdue. C'est un grand motif d'espoir, selon moi. Je ne sais pas si nous retrouverons cette jeune fille ou pas. J'ignore aussi si elle obtiendra le pardon ou pas. Mais je sais que plus jamais Fiona Carlyle ne tuera.

Percival acquiesça d'un air sombre. Il espérait de tout cœur que Stuart eût raison, mais était un peu moins optimiste que lui.

Elsie regarda les deux hommes et songea par-devers elle que c'était une bien maigre consolation. Elle réfléchissait à l'affaire, encore et encore. Sans se l'avouer, elle aurait voulu innocenter les trois femmes, malgré tout.

— Donc, si je suis la logique de cette affaire, reprit-elle, Fiona et Janet ont réalisé les maisons de Jacques Laclau et d'Egbert Kröller à partir de celles qu'elles époussetaient dans le cabinet des merveilles.

— Probablement, confirma Stuart.

— Et quand Janet a tué Jacques Laclau, il lui a suffi de descendre la miniature des combles, où se trouvait sa chambre, jusqu'au cabinet des merveilles, à un moment de la soirée où tout le monde était occupé.

— C'est possible, acquiesça Percival.

— Enfin, quand Fiona a supprimé Egbert Kröller, sa tante qui travaillait chez lui, l'a aidée à entrer la miniature.

— Certainement, accepta Stuart.

— Mais, il reste deux questions : qui a agressé Victoria dans l'agence ? Et qui nous a tiré dessus ? J'ai toujours cru qu'il s'agissait du tueur de Jacques Laclau, mais désormais, je me refuse à y croire !

Percival se racla la gorge.

— Je pense pouvoir répondre à vos questions. Tout d'abord, celui qui a agressé votre belle-sœur était probablement Egbert Kröller. Il essayait de détruire la maison qu'il avait faite, quand Madame Worthington l'a surpris. Concernant les tireurs, il doit s'agir des Claymore, les plus virulents de nos suspects.

— Il y avait effectivement deux tireurs, confirma Stuart.

— D'après leurs domestiques, continua Percival, les Claymore ont quitté leur domicile ce soir-là et étaient « en promenade » au moment de la fusillade…

Elsie hocha la tête. Chaque question avait sa réponse, même si certaines d'entre elles ne lui plaisaient pas.

— En outre, Miss Worthington, vous oubliez une chose positive dans cette affaire, reprit Percival. Certes, les meurtrières de Jacques Laclau étaient des femmes pour lesquelles nous pouvons ressentir de la compassion, voire de la sympathie, mais « l'affaire des miniatures », comme l'a surnommée la presse, nous a permis d'arrêter cinq meurtriers sans pitié. Pour ma part, c'est ce que je retiendrai de cette enquête.

Elsie réfléchit un instant au point de vue de l'inspecteur. Elle appréciait la vision optimiste de Percival.

— Vous avez raison, Percival… convint Elsie. Et cessez de m'appeler « Miss Worthington », vous me contrariez et croyez bien que je n'en ai pas besoin en ce moment !

Percival sourit.

— D'accord, Elsie, mais je ne m'autoriserai cette familiarité qu'en privé.

Stuart réprima un hoquet, conscient que cette remarque aurait mené Édouard et Adélaïde au bord de l'apoplexie. Il glissa un regard vers Elsie, qui observait Percival d'un air perplexe. Ce dernier souriait en coin, en fixant ses chaussures pour ne pas éclater de rire. Stuart sourit avec bienveillance. *Courage, mon ami. Je vous pressens une longue lutte pour faire comprendre à notre Elsie qu'elle ne vous est pas indifférente…*

FIN

POUR LES CURIEUX

Pour ceux qui auraient l'envie ou le souhait d'approfondir leurs connaissances historiques sur la période victorienne, je peux vous conseiller une sélection des ouvrages, images et documents scientifiques qui ont soutenu mon inspiration et m'ont permis de rendre plausible l'arrière-plan historique de ce roman.

Je vous précise que le titre « exquises miniatures » fait référence aux cadavres exquis des surréalistes, mais qu'il s'agit d'un anachronisme volontaire, puisque ces œuvres à plusieurs mains n'ont été créées qu'à partir de 1925.

SOURCES - LES RÉCITS ET OUVRAGES

- Une vue de King's Road en 1891 (Londres)
https://www.youtube.com/watch?v=eQ5MZt3qEW0
- Scènes de vie urbaine à Londres de 1896 à 1903
https://www.youtube.com/watch?v=dtRiMS34KxQ

BIBLIOGRAPHIE - LES OUVRAGES ET ARTICLES

ALBERT Sabine, *Dictionnaire de Londres,* préface de Jean PRUVOST, Honoré Champion, 2012.

BEDARIDA François, *La société anglaise. Du milieu du XIXème siècle à nos jours*, Seuil, 1990.

CHASSAIGNE Philippe, *Histoire de l'Angleterre. Des origines à nos jours*, Flammarion, Champs, 1996 ; — Le crime de sang à Londres à l'époque victorienne : essai d'interprétation des modèles de violence, *Histoire, économie et société*, 1993, 12e année, n°4, pp. 507-524 ; — Jack l'éventreur : l'exception ou la règle ?, *Histoire, économie et société*, 1989, 8e année, n°4. pp. 563-567.

CHESNEY Kellow, *Les bas-fonds de Londres. Crimes et prostitution sous le règne de Victoria*, Texto, 2007.

CORVISY Catherine-Emilie, MOLINARI Véronique, *Les*

femmes dans l'Angleterre victorienne et édouardienne. Entre sphère privée et sphère publique, L'Harmattan, 2008.

CROSSICK Geoffrey, La bourgeoisie britannique au XIXe siècle. Recherches, approches, problématiques, *Annales. Histoire, Sciences Sociales*. n°6, 1998, pp. 1089-1130

FRAISSE Geneviève, PERROT Michelle (sous la direction de), *Histoire des femmes. Le XIXème siècle*, Plon, 1991.

GERNSHEIM Alison, *Victorian and Edwardian Fashion. A photographic survey with 235 illustrations*, New York, 1981.

GOODMAN Ruth, *How to be a Victorian*, Penguin, 2013.

GRAY Adrian, *Crime and Criminals of Victorian England*, Londres, The History Press, 2011.

GRIFFITHS Arthur (Major), *Victorian murders. Mysteries of police and crime*, Londres, The History Press, 1898, 2010.

HEFFER Simon, *The age of decadence. Britain 1880 to 1914*, Londres, Penguin Random house, 2017.

LEJEUNE, Anthony, with Malcolm LEWIS, *The Gentlemen's Clubs of London*, Bracken Books, London, 1979, réimpr. 1987.

Londres 1851-1901. L'ère victorienne ou le triomphe des inégalités, Autrement, Série Mémoires, 1990.

METCALF John, *London A to Z,* 1953, Thames & Hudson, 2016.

METROPOLITAN POLICE, *Special Branch introduction and summary of responsibilities*, 2006.

MOSS Alan & SKINNER Keith, *The Victorian detective*, New York, Shire publications, 2013.

NAVAILLES Jean-Pierre, *Londres victorien. Un monde cloisonné*, Champs-Vallon, 1996.

Paradoxes victoriens / Victorian Paradox(es), textes réunis et édités par William FINDLAY. Actes du colloque des 20-21 septembre 2002, Tours, 2005.

PAXMAN Jeremy, *The Victorians. Britain through the paintings of the Age*, Londres, BBC Books, 2010.

PERROT Michelle, *La vie de famille au XIXème siècle*, suivi de *Les rites de la vie privée bourgeoise* d'Anne MARTIN-FUGIER, Seuil, Points, 2015.

Scotland Yard. The history of British policing and the world's most famous Police force, Charles Rivers editors, Londres, 2016.

SHPAYER-MAKOV Haia, Le profil socio-économique de la

police métropolitaine de Londres à la fin du XIXe siècle, *Revue d'histoire moderne et contemporaine*, tome 39, n°4, Octobre-décembre 1992, pp. 662-678.

THAMES Richard, *Voyages dans l'histoire de Londres. Un guide pour les voyageurs et les amoureux de Londres*, National Geographic, 2012.

WILLIAMS, Lucy, *Wayward women. Female offending in Victorian England*, Croydon, 2016.

WOODBRIDGE, George, *The Reform Club 1836-1978. A History from the Club's Records*, Londres, 1978.

Bonnes recherches à tous !

L'agence de détectives privés W & S reviendra dans le tome 4 de ses enquêtes :

Fleurs amères

Chères lectrices, chers lecteurs,
Si vous avez aimé cette enquête de Stuart et Elsie, je vous invite à laisser un commentaire (gentil de préférence ☺) sur Amazon, Babelio et tout autre endroit du net où d'autres lecteurs pourront découvrir mon travail !
D'avance un grand merci !

À très bientôt pour de nouvelles aventures !

Delphine

Si vous voulez suivre mon actualité :
http://www.delphinemontariol.com/
https://www.facebook.com/delphinemontariol.auteur/
https://www.facebook.com/enquetesdescousinsclifford/
https://www.facebook.com/Worthington.Spencer.DP/
https://www.instagram.com/delphinemontariol.auteur/

TABLE DES MATIÈRES